U0530383

多和田叶子作品

Tawada Yoko

雪的练习生

[日] 多和田叶子 著
田肖霞 译

译林出版社

图书在版编目（CIP）数据

雪的练习生 /（日）多和田叶子著；田肖霞译. 南京：译林出版社，2025.3. --（多和田叶子作品）. ISBN 978-7-5753-0331-6

I. I313.45

中国国家版本馆CIP数据核字第202499GQ59号

YUKI NO RENSHUSEI by Yoko Tawada
Copyright © Yoko Tawada 2011
Illustration Copyright © Naoko Shono
All rights reserved.
Original Japanese edition published by SHINCHOSHA Publishing Co., Ltd.

This Simplified Chinese language edition published by arrangement with SHINCHOSHA Publishing Co., Ltd., Tokyo in care of Tuttle-Mori Agency, Inc., Tokyo through Pace Agency Ltd., Jiangsu Province.

Simplified Chinese translation Copyright © 2025 by Yilin Press, Ltd.

著作权合同登记号　图字：10-2023-251 号

雪的练习生　[日]多和田叶子 / 著　田肖霞 / 译

责任编辑　王　玥
装帧设计　吴　悠
校　　对　戴小娥
责任印制　闻媛媛

原文出版　新潮文库，2013
出版发行　译林出版社
地　　址　南京市湖南路 1 号 A 楼
邮　　箱　yilin@yilin.com
网　　址　www.yilin.com
市场热线　025-86633278
排　　版　南京展望文化发展有限公司
印　　刷　徐州绪权印刷有限公司
开　　本　787 毫米 ×1092 毫米　1/32
印　　张　9
插　　页　4
版　　次　2025 年 3 月第 1 版
印　　次　2025 年 3 月第 1 次印刷
书　　号　ISBN 978-7-5753-0331-6
定　　价　68.00 元

版权所有·侵权必究

译林版图书若有印装错误可向出版社调换。质量热线：025-83658316

目 录

祖母的退化论　1

死亡之吻　81

想北极的日子　183

祖母的退化论

有人挠我的耳朵背后和胳肢窝，我痒得受不了，蜷起身子，在地上打滚，可能还哈哈地笑了。我屁股向天，藏起肚子，弯成一弯新月。当时我年纪尚小，所以即便四肢着地，毫无防备地撅着屁股，也意识不到会有遭遇袭击的危险。不仅不感到危险，我还觉得自己的肛门把整个宇宙陆续吸了进去。我从肠子里感觉到了宇宙。你可能会笑我：一个仿佛身上长了毛的婴儿的家伙，竟然拿宇宙说事。事实上，我还真就是个"长毛的婴儿"。因为长了毛，即便全裸，身上也不是光溜溜的，而是毛茸茸的。我的抓力和握力发达，但我不擅走路，说是走，更像是踉跄着偶然往前蹭几步。我的视野罩着一层蒙蒙的雾气，耳中是空空的回响，就像在洞穴里听到的声音，活下去的渴望集中在指尖和舌尖。

对母乳的记忆还留在舌头上，所以我只要含住他的食指吮吸，就感觉踏实。他的手指长着鞋刷一样的硬毛。他在我的口腔里拨动手指和我玩。要是我玩厌了站起来，他便用整只手掌按住我的胸口，和我摔跤。

我玩累了，便把双手往地上一摊，掌心贴地，下巴搁在手腕上，等着开饭。有时我想起他只让我舔过一回的蜂蜜的滋味，用舌头舔舔嘴巴。

有一天，他把一个奇怪的东西绑在我的后腿上。我使劲蹬腿，想把那玩意儿甩掉，但那东西被绑得紧紧的，弄不下来。接着我的手感到一阵刺痛。我飞快地抬起右手，然后马上抬起左手，然而身子往前一摔，我不由得重新用双手撑地。手一着地就疼，我狠狠一推地面，借着反作用力向后蹦，刚站起来几秒钟，又向前歪倒，左手杵在地上。触及地表的左手火烧火燎地疼。我慌忙往地面一推。这样的情形重复了好几次，不觉间，我已经稳稳地用双腿站住了。

写文章是一种诡异的行为，每当我这么定睛瞅着自己写下的文章，脑袋里就会一阵扰攘，不知自己身在何处。我走进了自己刚开始写的故事，已不在"此时此刻"。我抬起眼，呆呆地眺望窗外，终于重返"此时此刻"。不过，"此时此刻"究竟是哪里呢？

夜深了，从酒店窗户往外看，酒店前方的广场像一个舞台。路灯的亮光在地面照出舞台聚光灯般的圆形。有只猫从斜刺里穿过那道圆光。没有观众。四下一片寂静。

那天有个会议,会后,所有与会人员被招待了一顿大餐。我回到酒店房间,先咕嘟咕嘟地喝水。牙缝里留有油浸鲱鱼的味道。我照了镜子,发现嘴巴周围有圈红色污渍。可能是红菜头。我不喜欢吃根类蔬菜,不过遇上漂浮着一圈圈油花的深红色罗宋汤,我就会被肥美的肉味吸引着有滋有味地喝下去。

我往酒店的床上一坐,压扁了床垫,底下的弹簧吱吱作响。今天的会议并没有特别之处,但以前从未浮现的幼时记忆忽然在今天涌上心头,或许是因为这次的议题:《我国自行车的经济意义》。大家在会上都没怎么发言,因为,让艺术家们与会讨论国政的做法可能是个陷阱,只有我一如往常,敏捷优雅地举起放在胸前的右手。我有意识地让自己的动作舒展而不拖泥带水。与会人员的视线一齐集中在我身上。我习惯受人注目。

我的上身贴着一层软膘,外覆高级的雪白毛皮。我的块头格外巨大,只稍微挺胸举手,便有妩媚的香气像光的微粒般散开,覆盖四周,让我周围的生物乃至桌子墙壁都在一瞬间暗淡下来,消退成背景。我的毛皮呈现闪闪发亮的白色,说是白色,却并非普通的白，而是能让阳光穿过的通透的白。太阳的热量穿过这片白色抵达皮肤，被我小心地储存在皮肤底下。这是我那些在北极圈幸存下来的祖先赢来的白色。

发言最重要的是让议长点到自己的名字，为此有必要抢先举手。很少有人能在会议中比我更快地举起手。曾有人讥诮道："你可真爱发表意见。"我回答："因为发表意见是民主的基础。"但我在今天不禁意识到，自己条件反射地举手，并非出于我本人的意志。意识到这一点，我的胸腔传来抽搐的痛。我努力赶走那阵痛楚，恢复镇定。

如果把议长微弱的一声"请"作为第一拍，第二拍则是我清晰吐出的"我——"，大家在第三拍屏住呼吸，我在第四拍有力地接下去说："——有个看法。"只要像这样，表面不着力，暗自坚定地往下讲，就能顺利打出好球。

虽然并不是在人前跳舞，我却有种跳舞的感觉。我在椅子上晃着腰，弄得椅子吱吱作响。被着重发音的音节成了铃鼓，构成拍子。人们的心被吸引到我这边，他们看呆了，心神激荡，忘却自我，也忘了自己的任务和身份。男人们尤其严重，他们耷拉着嘴唇，仿佛牙齿化作冰激凌，舌尖则开始融化成口水，就要从湿润的嘴唇滴落。

"自行车是人类过去发明的最优秀的工具。自行车是马戏台上的明珠，是环保政治的英雄。我想，在不久的将来，全世界各大城市的中心将不再有汽车的存在，而是到处自行车。不仅如此，只要把自行车连上发电机，大家不只可以在家锻炼身体，还能在自己家发电。如果人们骑自行车去朋友家当面交流，就不再需要电话机和邮件。就是说，自行车以外的机器全都没用了。"

有几张面孔阴沉下来。他们一定是在担忧，因为必须卖机器赚钱。我不断加强语气说道："洗衣机也没用了，因为可以骑车去河边洗衣服。暖气和微波炉也没用了，因为可以骑车去山里砍柴烧。"这时有个人粲然一笑，但多数人愈发脸色惨淡。管他呢，管他呢。这种时候我不用焦躁，只要摆出悠然的姿态，装作没看见大家的反应，继续往下讲，让心里浮现成百上千名观众喜盈盈的面庞，我的声音让他们听得出神。这儿是马戏团。天下的会议都是马戏。

议长仿佛受不了我的独舞，干咳一声，接着看向坐得离他最近的小胡子政府官员。说起来，他俩刚才一道进的会议室，大概是熟人吧。又不是葬礼，官员却穿件黑西装，瘦得像一枚钉子。他也不举手，径自开口:"崇拜自行车,否定汽车,是出现在荷兰等部分西方国家的颓废派和感伤主义。我们应该朝正确的方向发展机械文明,增加衔接住家和上班地点的交通手段。如今有些人产生了误解,觉得只要有了自行车,就能随时去任何想去的地方,这是种危险的倾向。"我举起手试图反驳。议长宣布:"现在午休。"我跑到屋外,没和任何人聊天。其实我没必要跑出来,但我只要听到休息铃响,就会像个小学生似的往外跑。

幼儿园的时候,我常常像这样跑到外面。跑出去,独占院子的角落,自个儿在那里玩。就好像那地方有什么特殊意义似的。那是片潮乎乎的背阴地,无花果树下经常丢着垃圾,所以没有孩子靠近。偶尔有孩子从背后逗我,我就把他整个人举起来往前一扔,吓对方一跳。我的个头和力气都大。

孩子们在背地里喊我"尖鼻子"或是"雪娃"。有个孩子仿佛好心地把这事告诉我。我不知道他和我说这些究竟是出于好心还是恶意。我并不想知道别人怎么看我。不过,他这么一说,我才意识到,只有我的鼻子形状和毛色与别人的不一样。

我看到开会的房子旁边有片摆着纯白长椅的游乐

园模样的空地，于是朝那边跑去。长椅对面有条小河，柳树的树梢仿佛百无聊赖地轻触着河面。我定睛望去，发现枝头绽出了许多嫩绿的芽。脚下的土地从内部开始变得松软，番红花探出黄色的脑袋，模仿比萨斜塔，嬉戏着。我的耳朵眼开始发痒，但我不能挠。以前站在舞台上的时候，我牢牢地遵守着这条规矩，所以现在也不愿挠耳朵。

耳朵痒不一定是耳垢。原因可能是花粉，也可能是鸟儿们不断啄起散落在高音区的十六分音符造成的颤音。桃红色的春天一下子到来了。春天到底用了什么诡计呢？它带着这么多的鸟和花，以迅猛的速度来到基辅。莫不是在好几周前偷偷准备的？还是只有我一直拖着自己体内的冬天，以至于没注意到春天的来临？我不擅长谈论天气，所以很少和别人闲扯。因此我经常错过重要的信息。对了，布拉格的春天也突然来了。[1]我感觉心脏怦怦直跳。说不定我身上也正在发生巨大的变化？而没有意识到这一点的只有我一个。

冻结的地面隆起，鼻腔发痒，鼻涕滴溜下来，眼睛周围的黏膜泛肿，渗出泪水。这就是春天。春天是

1　或喻指1968年的"布拉格之春"。——编注

伤感的。有人说，每到春天人就会重返青春，但重返青春让我想起一大堆孩提时代的往事，回忆变成重负，我反而因此显出老迈。我在会上飞快地举手显示本领，自我感觉不错，这种时候就挺好。也许我不该知道自己为什么能够飞快地举手。

我并不想知道。尽管不想知道，可是洒出的牛奶回不到杯子里。牛奶直扑鼻孔的香甜气味渗入桌布，我想在春天哭泣。幼时的记忆像蜂蜜，有种扑鼻的甜。但如果把那份甜加以浓缩，就会变得苦涩。我没有关于母亲的记忆。母亲究竟去哪里了呢？食物一直是伊万给我提供的。

当时，我还不知道怎么称呼身体的那个部位。那地方疼得像火烧似的。我一惊，收起那个部位，疼痛随即消失。但我没法一直保持平衡，又往前倒。刚碰到地板，疼痛又出现了。

当伊万的腿撞到柱子，或被蜜蜂蜇到，他会喊："好痛！"这种情况我见过好几次，所以勉强能理解"痛"的感觉。可我以为，疼痛的不是我本身，而是"地板痛"。因为只有地板的变化才会让疼痛消失。

地板痛，于是我用双手在地上一撑，立起上半身,但身体很快又回到原来的四肢着地。接着,我更加用力地一撑,挺起胸膛站住,脊背弯得像一张弓。这是为了不让前脚重新落在地上。我的身体弯得太厉害,踉跄着倒向斜后方。就在不断重复这一系列动作的过程中,我能够用双腿站稳一段时间了。

会议结束,聚餐也散了,我回到酒店房间,写下自己回想起来的事,直到刚才的一段。也许是因为不习惯写东西,倦意落在头顶,我写着写着就睡着了。第二天醒来,我有种一下子上了年纪的感觉。人生的后半程就此开始。如果用长跑打比方,自己现在恰好到了折返点。接下来要往出发点跑去。等我回到苦难的发源地,苦难一定会终结。

那时,伊万经常为我做吃的。他打开罐头沙丁鱼,用擂钵捣碎,混入牛奶。我在房间的角落大便,他也不会抱怨,而是拿小扫帚和簸箕过来帮我清理掉。伊万爱干净,他每天一次用软管往地板上喷水,用大刷子刷洗。有时他还把软管对着我,往我身上浇水。我最喜欢他用冷水浇我。

伊万闲下来就坐在地板上,拨动吉他唱歌。伤感的调子有时会遽然一转，变成让人想跳舞的节奏，然后又恢复悲哀的底色。我专心地听着，油然生出想去遥远国度的念头。那个我从未去过的国家扯着我的心，几乎将它撕碎。

当伊万和我视线相接，他会忽然走过来紧紧地抱住我，有时还蹭我的脸。还有些时候，他会挠我的痒痒，倒下来趴在我身上。

回到莫斯科，我在从酒店偷拿的便笺上继续往下写，可是写到这里就怎么也写不下去了。我反复地写同一段，就像在反复涂改同一段时间。这让我心烦意乱。回忆涌来又退却，就像波浪涌来又退下。下一道涌来的波浪和前一道浪几乎一样，但如果仔细看去，两者有细微的差异。我不知道哪一道波浪是真实的，只能一次次写下同样的事。

我在很长一段时间里都不知道"那件事"的究竟。我一次都没到过笼子外面，所以没法从其他角度观望我自己这个舞台。哪怕只出去一次，我当然能瞧见，在从我的位置看不到的地方，伊万把柴火放进设在笼子底部的炉灶，点上火。我当然还会看见放在稍远处的黑色唱机,上面伸出硕大的郁金香。当笼子的地板开始发烫,伊万把唱针放在唱片上。铜管乐划破空气跳出来。我感觉到手心的疼痛,站了起来。

这样的情形每天继续,所以我后来只要一听到铜管乐就会站起来。我当时并没有"站立"的意识,但只要采取那个姿势,我就不会痛,伊万把棍子向上一挥,喊道:站起来!"这些知识和他的举动一齐烙印在我的头脑。

就这样,我逐渐学会了伊万的语言。"站起来!""真好吃!""再来一次!"现在想来,那个紧贴在我后脚上的怪东西大概是隔热的鞋子。所以只要我用后肢站立,即便地板变烫也不会难受。

我听到铜管乐便站起来,暂时保持平衡。这时,伊万喊了声"方糖",把一个东西塞进我的嘴里。名叫"方糖"的东西是我听见铜管乐站起来的结果,是融化在舌头上的快乐的名字。

写到这里,伊万不知何时站在我的身旁,凑过来看我正在写的字。"你还好吗?"我想问他,却发不出声音。我做了几次深呼吸,伊万的身影消失了,相应地,怀旧的温暖和火烧火燎的痛楚一齐逼向心口,我感到呼吸困难。我写了伊万的事，在我心中本已死去的伊万因此重新活了过来。我一阵难受，就好像胸口被狠狠攥住似的，要是能大口喝下冰凉透明的神圣液体，那种难熬的感觉似乎就会缓解消散。高级伏特加用来出口赚取外汇，不容易弄到，但我住的旧公寓有个管理员大妈，她唯一值得自豪的就是人脉，曾经从别处搞了点伏特加回来藏着。

我出门下楼，问大妈："有伏特加吗？"她那张五官酷似楔形文字的脸漾起笑容，问我："你弄到那个啦？"说着，她猥琐地搓动食指中指和拇指。我忍着不快说："我没有外币。"我直截了当地用"外币"这一干巴巴的词称呼她那猥亵又愉悦的秘密，大概让大妈不高兴了，她猛地别过脸。要想继续谈话，我得设法从闹别扭的大妈那儿引回注意力。"大妈，你换了发型，挺适合你的。""我那是睡觉压的。""你还穿了新鞋。""啊，你说鞋子？你可真细心。这不是新鞋，是亲戚给的。"我不惜恭维她，继续东拉西扯，至少我的心意算是传达过去了，大妈瞪我一眼，回到刚才的话题。"你平时不怎么喝酒吧？怎么突然说要伏特加？""我想起小时候的事，然后就喘不上气。""想起讨厌的事了？""那倒不是，我也不清楚算不算讨厌，可是确实难受。""想忘记什么的时候不能喝酒。要是在这种时候喝酒,会染上酒精中毒,然后变成楼上的当官的那样。"听到她的话,我想起成年人的体重砸在石板路上的"咣"的一声,不由一寒。

"如果你想忘记什么,写日记就行了嘛。"没想到大妈说出一句俨然文化人的话,我吃惊地追问,原来她上周刚读过《蜻蛉日记》[1]。这部书前一阵出了俄语的译本,不知印了几万册,据说在正式发售前就已断货。大妈得意地说,她有关系,所以弄到一册。"你也下决心写就是了。""可日记写的是当天发生的事吧?我想写的不是当天的,而是过去的回忆。我想通过书写,把记不清的事回想起来。"听到我的话,管理员大妈回答得极其干脆利落:"那就别写日记,写自传好了。"

我离开华丽的马戏舞台,转而参加各种会议,其实是有原因的。当我作为马戏团之花处于舞台生涯的顶点的时候,有一支古巴的舞蹈团来访,跟我们团合作演出。一开始由两个团分别展示自己的节目,预定将轮番上场,弄成并列合作的形式,可我对中南美洲

---

[1] 日本平安时代的和歌歌人藤原道纲母(或称右大将道纲母,本名不详,936—995)的日记。——译注(本书脚注如无特殊注明均为译注)

的舞蹈一见钟情，想在自己的节目也呈现他们的舞蹈动作，开始为此做高强度的练习。这下坏了事。可能是剧烈扭腰跳舞的缘故，我的膝盖开始作痛，从此没法上台。按正常情况，我将被射杀，幸运的是，我从此转到了管理岗位。

我从未想过自己竟然适合事务性的工作，上头的官员果然有看人的眼光。我天生具有办事能力，能立即区分请愿书是否重要；就算没有表，我也能做到守时；而且我有一种计算能力，不用看数字，只看人的脸就能给出预算；不管计划本身多么不可行，我都擅长把它解释得浅显易懂，说服相关人员。

有很多我能胜任的工作：准备芭蕾舞团和马戏团的海外公演、外包广告、招募新人、制作文件，而我最主要的工作则是开会。

我对这样的生活并无不满，但自打我开始写自传，开会就成了一件讨厌的事。我在家对着书桌舔铅笔，很想就这么一直舔下去，最好一整个冬天都不见人，专心写自传。写作的行为很像冬眠，从旁看来也许像在打盹，其实冬眠者正在洞里催生记忆。我正在神魂颠倒地舔着铅笔，这时来了封快信，说明天有个关于"艺术家的劳动条件"的会议，请出席。

会议这东西就像兔子，会议生会议，倘若放着不管，就会演变成人人每天开会都开不完的地步。如果不设法削减会议，任何机关都将很快被会议拖垮吧。有人净琢磨怎么才能不去开会，这样的人不断增多。发展壮大的唯有开会请假的借口，流感和亲戚的不幸到处蔓延。我没有家人，又是不会得流感的体质，所以没法找借口。我逃不开那些会议备忘，它们像霉斑似的占据了记事本，时间就这么流逝了。多的不光是会议，还有宴请客户、晚餐会、欢迎会及聚餐。唯一让我高兴的是长肉。我不再在舞台上跳舞，而是坐在会议室的椅子上，用手指抓起厚皮烤包子，喝下漂着油花的罗宋汤，像挥动铲子似的用调羹铲起鱼子酱吃下去，由此积蓄了大量的脂肪。我想就这么边长肉边悠然度日，可这个念头刚起，幼时的记忆和春天一起涌来，猛烈地晃动我脚下的梯子，让我一脚踩空。我知道，自己的日子看着安稳，却有可能明天就崩溃。凡事离崩溃其实只有一步：无论是滴水不漏组织起来的联邦，还是我完美如英雄铜像的自我形象，或是我波澜不惊的心态和规律的生活。没必要继续乘坐将沉的船。我想主动跳进海里游走。我推掉了会议，这还是第一次。一旦推掉会议，我就没了生存的理由，我固然感到不安，怕自己因此被抹杀，但想要接着写自传的念头比对死亡的不安强烈三倍。

写自传的滋味真奇妙。我不禁有种感觉，仿佛在用以往只在会上使用的"语词"触及自身的柔软之处，这是被禁止的，也让人害臊，所以我不想让任何人读我写的东西。然而当我看到自己写下的字密密麻麻地排列着，又无论如何也想让人读到。可能这种心态就像小孩子想让人看自己的排泄物。有一次，管理员大妈的女儿带了她年幼的孩子来玩，我去了管理员的房间，正好撞见那孩子让母亲看她刚拉在痰盂里的热乎乎的茶色的一团。我当时吃了一惊，现在却理解了那孩子的心情。对孩子来说，排泄物是唯一一件不借他人之手、由自己独力完成的产物，自然会为此自豪。

我思忖着，要把自己写的东西给谁看呢？管理员大妈太危险。不管看起来有多亲切，她的工作毕竟是接了上头的命令监视公寓的住户，不晓得她会怎么告状。究竟该给谁看呢？我自打记事起就没了父母，同事们向来对我有所回避，我也没什么朋友。

左思右想间，我想到了海狗。他是我的旧相识，如今当上了文学杂志的主编。我的舞台人生还处于黄金时代那会儿，海狗是我的粉丝，多次捧着大把的花束闯到后台。

海狗的外表怎么看都像海象，但他的外号既然是海狗，也只能那样叫他。我早就忘了他的本名。听说当他第一次看见我站在舞台上，顿时浑身发烫，就像被蚊子叮了患上疟疾似的。他本人则断言："我这个病这辈子都不会好。"他常来后台，最后甚至提出，若不是我俩的身体太不合适，他甚至想和我同床共枕。

我一开始就意识到，彼此的身体极度不适合性交。他整个人湿漉漉、滑溜溜，而我干燥粗硬。他有一把气派的漂亮胡子，手脚越往下越细，缺乏气力。与他成对照，我天生手脚有力。他从年轻的时候就已秃顶，我的脑袋和身上则都是蓬蓬的毛。很难说我们是相称的一对。尽管如此，我们还是接过吻。就一次。我想起那个吻，当时的感触涌上心头，他的舌头像鱼一样动来动去。他是个牙齿不整齐却没有一颗虫牙的男性。我觉得这一点真了不起。我问他为什么没有虫牙，原来他从不吃甜食。如果没有甜食，我都不知道该怎么比喻人生的美好部分。我可做不到他那样。

我和海狗已经很久没见了，不过他一直给我寄出版社的书目册子，所以我知道他活着。书目册上还写着出版社的地址。我鼓足勇气，没提前打招呼就去见他。

出版社名叫"北极星",位于莫斯科的南郊。从房子的外观根本看不出是出版社。里面站着个年轻男人,抽着烟凶巴巴地问我:"你来这里做什么?"我说我找海狗,他说"这边",接着像机器人似的迈开步子。走廊的墙纸像被烧伤的皮肤那样松垮垮地垂着,我们往走廊深处不断走去,最后来到一扇绿色的门前。这间屋子没有窗,天花板低矮,堆成小山的纸张被香烟的烟雾燎成了熏制品。

海狗一看到我就把脸转开,像被人抽了一记耳光似的。他冷冷地问:"你有事吗?"我这才想起来,最危险的莫过于从前的粉丝,但已经迟了。我是悲惨的过气明星,带着自己的处女作,在主编面前扭扭捏捏。我骑过各种各样的东西,球、三轮车乃至摩托车。不过,出书是一种远比骑这些东西更危险的技艺吧?

我十分小心地打开包,默默地递上我写在酒店便笺上的文章。海狗诧异地盯着我的鼻子,他看到纸上的字,立即扶正了圆眼镜,弓着身子贪婪地阅读。他翻过一页,又翻过一页,也许是心理作用,我觉得他的脸正在一点点往下垮。读完几页,他摸着胡子,摆出自得的神态,用颤抖的声音问:"这是你写的?"我点头,他皱起眉,忽然显得睡眼惺忪。"稿子先放我这儿。不过这也太短了，让我有些失望。你能不能再写点儿，下周带给我？"我不知该怎么回答，没吭声。他越说越起劲："还有，你竟然只有这种纸。真可怜。你如果不介意，把这个拿去。"海狗递给我的是印有阿尔卑斯山的水印的瑞士便笺，还有一支万宝龙钢笔。

我赶回家，立即试着在便笺上写下一句话："我长到了站起来有伊万的肚脐那么高。"便笺表面是细腻而有弹性的纤维，我唰唰地写，感到一种快感，就像挠蚊子叮出的痒块。

我长到了站起来有伊万的肚脐那么高。一天早上，伊万骑着个怪东西出现在我的面前。他骑着那东西转了一圈，从上面下来。"三轮车。"他说着，把那个叫作三轮车的东西塞进我的两腿之间。我试着咬了一下车把。好硬。比伊万不时扔给我的灰色面包更硬，咬不动。我下车坐在地上，把三轮车拉来推去地玩。伊万先是任由我玩了一会儿，又把三轮车塞到我的屁股底下。我在车上待了一会儿，嘴里多了块方糖。第二天，伊万手把手地教我，让我把脚放在踏板上，用力一踩，三轮车往前走了，我又得了方糖。我只要踩踏板，就能接连不断地得到许多方糖。我想就这样一直玩下去，伊万却拿着三轮车离开了。后来，只要三轮车一出现，我就会主动骑上去。这点把戏学过一次就很容易。

也有不愉快的记忆。有一天早上，伊万散发着伏特加和香水的刺鼻气味来了，我烦躁起来，举起三轮车朝伊万扔过去。伊万顺利地闪开了，挥着胳膊冲我大喊大叫。这次不光是没有方糖，甚至有鞭子飞过来。通过这件事，我渐渐明白了，世上有三种动作。会带来方糖的动作，会让鞭子飞过来的动作，没有鞭子飞过来也没有方糖的动作。就这样，我的头脑有了三个抽屉，外来的邮件会被分门别类地放进那三个对应的抽屉。

我写完上面一段，到了下周，把稿子带去了海狗那里。户外吹着怡人的风，出版社所在的楼却充斥着廉价香烟的烟味。书桌上，鸡翅膀的骨头在碟子里堆成小山，书桌那头的海狗用如同小鸟嘴巴的牙签灵巧地剔着牙。

我把几张写满字的便笺递过去，海狗立即贪婪地读起来，然后咳嗽一声，伸了个懒腰。"真短。再多写点。"他就说了这么一句话。他的傲慢态度让我不高兴了，暂时恢复了过去作为舞台之花的自信，强硬地说:"要不要再写是我的自由吧？我要是写了，你给我什么？"海狗像是压根儿没想到我会提出要求，他吃了一惊，慌忙打开抽屉，拿出一块巧克力给我。他扭头不看我，只说:"这是东德的。我反正是杜绝甜食主义，给你。"巧克力的牌子叫作"骑士"，包装纸的设计和印刷用的墨水都不像东德的。总之是西方的外国人给的吧。你在私底下做了什么交易吧？我要去告发你！——我想这么吓唬他，却没开口，而是"啪"地掰断巧克力，黝黑厚实的正方形块体立即整个儿露出来。味道有点苦。"只要你接着写，我会给你很多这种巧克力。不过，我怀疑你会不会再写下去。"说完，海狗做出忙碌的样子，把视线投回文件上，仿佛在说：我没时间和你耗。

我听了很不甘心，一回到家，立即坐在桌前。没有比不甘心更容易燃烧的燃料了。如果好好利用人的不甘心，就能在生产活动中节约燃料吧。但是人没法去森林收集不甘心。这种情绪是别人给予的重要馈赠。我写得太努力，把万宝龙的笔尖都给弄弯了，深蓝色的墨水像血一样滴滴答答地淌出来。我雪白的肚子染上了墨水。都怪我嫌热所以光着身子写稿。洗过之后，墨水还是没怎么褪掉。

每次有人给我穿上带荷叶边的裙子，或是在我的脑袋上系缎带，我都会很快把衣服和缎带咬成碎片。伊万说："你是个女孩子，要忍一下。"我没法咽下他这句话的含义，但如果给我方糖，有多少我就能吞下多少。我渐渐习惯了被穿衣打扮，而且就算用强得可怕的光照我，我也毫不怯场。即便有一大堆人大声骚动，我的心境也不会起任何波澜。然后有一天，我在聚光灯的光柱下，合着铜管乐的信号骑上三轮车，出现在舞台上。我身穿带荷叶边的裙子，系着缎带。我从三轮车下来，用双腿站立，和伊万握手，然后爬上圆球，保持平衡给人看。我获得了暴雨般的掌声，方糖如泉水般从伊万的掌心向我涌来。方糖在口中融化的感触和坐满观众席的人们的毛孔散发的喜悦汇聚在一起，让我沉醉。

下一周，我总算写到这里，把稿子带给海狗。海狗带着百无聊赖的神情一口气读完，冷淡地说："如果下个月杂志有版面就登。"他又给了我一块西方的巧克力，大概怕被我窥探内心，他转身背对着我，说："我们杂志不给稿费。如果你需要收入，不妨加入作家联盟。"

那之后不久,我为了参加一个会议飞到里加[1]。有几名与会人员一直在看我这边。不是平时那种戒备的眼神。有点儿怪。在我不知道的地方发生了什么事。一群人在休息时间讲悄悄话,我刚靠近那边,他们立即换成拉脱维亚语,我没法参与谈话。无奈之下,我站在走廊一角望着窗外。这时有个戴眼镜的男人凑过来说:"我读了。"另一个男人也许被他的举动赋予了勇气,也凑过来红着脸说:"很有意思。我期待您的续篇。"像是他太太的女人也过来了,说:"老公,你和作者说上了话,真不错。"她对丈夫说着,向我微笑。我周围不知何时出现了一堵人墙。原来海狗的杂志登了我写的文章。海狗竟然没通知我,我不能原谅他的这种做法。

会议提前结束,我进了城,走进一家位于中心街道的书店去询问,结果店员说那本"广受好评"的杂志早就卖完了。店员目不转睛地看着我的脸,告诉

---

[1] 拉脱维亚首都。

我:"现在在对面剧场演特列普列夫[1]的演员也买了一本。今晚也有演出。"

我赶紧跑出书店,用力地敲剧场的门,结果把玻璃敲出了裂纹。幸运的是似乎没人瞧见。似乎只有一个在海报里皱着眉的年轻男人对我使了个眼色。

我在公园喝了水,站在附近的报亭读了装饰在外面的报纸,借此消磨时间,然后在开演前一小时回到剧场。我对售票窗口的女人说:"我有话要对特列普列夫讲。"她冷冷地回绝道:"现在是演出前,不能和演员见面。"我没办法,只好买了票,又到公园的长凳喝水闲坐,耗了一个小时,这才堂而皇之地从剧场入口走进观众席。

说来惭愧,我之前从没看过话剧。以前我忙于自己的工作,没那个时间。对我来说,马戏和话剧恰似西方国家和东方国家,被一堵厚厚的墙阻隔。但我现在意识到,我的这种想法是个巨大的错误,好比尝都不尝就讨厌某种食物。马戏的节目编排也要结合速度感、悲哀和幽默,我感到有很多可以从话剧学习的地方。如果我以前就知道话剧是这么有意思,应该在自

---

1 契诃夫的戏剧《海鸥》中的人物。

己上台演出的阶段看的。

这天的戏,最让我中意的是出现了一具看起来很美味的海鸥尸体的一幕。

戏演完后,我偷偷去了舞台背后的后台,天花板低矮的房间散发着脂粉的气味,装在墙上的一排镜子前只有散落的化妆品,演员们还没回来。我瞧见梳妆台上摆着我要找的杂志。拿过来一看,文章确实是我写的,但我不记得取过标题,也不记得海狗曾让我取标题。海狗这家伙擅自取了个庸俗的标题:《带泪的喝彩》,而且还打出"第一章"的旗号。他不经作者同意就搞成连载的形式,实在太自作主张。

随着一阵喧哗,汗水和玫瑰的气味纠缠在一起涌进来。演员们看见我,吓了一跳。我拿着杂志,慌忙说:"我是《带泪的喝彩》的作者。"听到这句像在找借口的话,演员们脸上浮现的恐惧之色由嘴角到额头逐渐化作感叹,他们激动地眨巴着眼睛,边鞠躬边请我坐下。"哎,您竟然来了,这可真是——请坐,请坐。"我刚坐下,椅子嘎吱一声响,我又站起身。"请给我签个名。"我抬头一看,是特列普列夫。他身上散发着肥皂、汗水和精子的气味。

我在当天夜里坐飞机回到莫斯科,躺倒在自己家散发着熟悉气味的床上。我终于成了作家。我怎么也睡不着,煮滚牛奶加了蜂蜜喝下去。我从孩提时代就被教导,晚上必须睡,早上必须早起,要用功训练。但我有种感觉,在我还很小的时候,我看过更多的月亮,感受过更多的阳光,充分地体会到逐日推移的明暗交替,顺乎自然地入睡和起床。长成孩子就已经丧失了自然。我无论如何都想知道自己长成孩子之前的事。

我在卧室里独自瞪着天花板,那上面的污渍的形状像虾,这时特列普列夫和虾完全不相像的细瘦脸庞浮现在我的眼前。他演戏,恋爱,终将死去。而我会在他之前死去。海狗也会在他之前死去。也许,在我们大家死去之后,我们留下的思绪和话语会悄然浮在半空,混淆成雾霭,留在地面之上。还活着的人们看到那层雾气,会怎么想呢?他们大概只会嘀咕一句"今天好大的雾",压根儿不会回忆起死者吧。

睡醒时已经快中午了,我慌忙去了海狗那里。"给我一本最新的杂志。""已经没了,卖完了。""你们登了我的自传吧?""噢,你那篇可能也上了。""你为什么没给我一本?""如果走邮局,可能被没收,所以我原本打算直接送去,不过你也看到了,我太忙,留下的那本不知道什么时候没了。你应该记得你自己写了什么，用不着读吧。"海狗装得若无其事。他倒是没说错，我知道自己写了什么，所以没必要读。

"对了，第二章的截稿期在下个月初，你要按时交稿。"说着，海狗干咳了一声。"你为什么自作主张搞成连载？""那么有意思的故事，登一次就完事的话，太可惜了。"被他这么一夸，我的怒气顿时消融，但我不能原谅他取标题的事。"你明知我的体质天生不会流眼泪，为什么要取那样的标题？"海狗一脸为难地搜寻歪理。但这一次，他似乎很难找到叫作歪理的面粉，也就没法用那面粉捏造和烘焙谎言的面包，显得一筹莫展。我让自己摆出攻击的架势："你别想到什么就顺手取个名字，好好想一想！眼泪是人类感伤时流的吧？你明知道我是冰和雪的女人。我可不想随随便便地融化掉变成眼泪水。"海狗像是终于想到一条歪理，胡须一颤，无声地笑了。"你一听见眼泪，马上就误以为是你自己的眼泪，对吧？你这是自我意识过剩。眼泪是让读者流的，作家只要默默遵守截稿期限就行了。"这下我没了施展的余地。虽然我体格壮硕，手脚强壮发达，但在这种时候，我便有种错觉，仿佛自己的手脚退化成海象那样。"要是没什么别的事，你该回家了吧？我也忙着呢。"我有立即伸手的毛病，但此时能伸出的只有舌头。我吐了吐舌头，回想起甜味。"对了，你上次给我的西方的巧克力很好吃，还有吗？你有朋友在西方？"我故意这么一说，海狗慌忙从抽屉里拿出一块巧克力扔过来。

我回到家，不知何时坐到了桌前。我虽然对海狗生气，但成为作家的喜悦让我彻底被他的陷阱钳住脚踝，没法自由行动。海狗那一类的家伙大抵在中世纪就已经掌握完美的陷阱制作技术，他们用陷阱捕熊，给熊戴上花环，让熊在路上跳舞。民众开心地鼓掌喝彩，向他们抛出金钱。骑士和手艺人也许会鄙视那样的马路艺人。迎合，讨好，隶属，依存。但舞者的心也盼望和观众一起进入恍惚的狂喜，也期望和肉眼看不见的灵融为一体。舞者并不是在讨好民众。

在马戏团的演出过程中，还是个孩子的我同样每天站在舞台上。我没能看其他的演出。记忆的一角留有狮子的吼声。除了伊万，不断有其他人来到我身旁，他们拿来冰块撒在地板上，或帮我收拾餐具。可能不想吵醒我，他们在我睡觉的时候压低嗓门，蹑手蹑脚地从旁经过。我的睡眠浅，哪怕有只老鼠窸窸窣窣地跑过房间角落，我都会猛然醒来。而且伊万似乎并不知道,他本人发出强烈的气味。

我的感觉当中最可靠的是嗅觉。现在也一样。耳朵听到的声音大多是从留声机或收音机等机器传出的虚假声音。眼睛看到的事物也有很多是假的。海鸥的标本,套着熊皮的人类。全都是伪装。但我从未被气味欺骗过。抽烟的男人走过,散发着葱味的女人走过,穿着新皮鞋的男人走过,正在来例假的女人走过。人类似乎并不知道,洒过香水,反而会强调底下的汗味、狐臭味以及大蒜的气味。

视野中是一望无际的雪原。除了白色还是白色。我肚子空空,胃部疼痛。有雪鼠的气味。老鼠在雪下不深的地方挖洞前进。我把鼻子凑近雪,悄悄往前移,老鼠的气味越来越浓。就算看不到,我也很清楚老鼠在哪儿。就在那处雪下。就是现在——我遽然惊醒,发现自己坐着,面对的不是白雪,而是白纸。

我想起第一次的记者见面会。相机的闪光灯如同闪电般刺入视网膜,与我并肩站在舞台上的伊万身体紧绷,穿着肩膀和前襟都过大的西装。和平时的公演不同,观众席只有大概十名观众。伊万在我耳边道出一个陌生的词:"记者见面会。"

我们在舞台上并排坐下。闪光灯嘈杂地洒落下来。伊万的上司坐在伊万的另一侧。这男人是个胆小鬼，双手的动作却带着某种残忍，还有他的发蜡的气味，都让我莫名烦躁。只要他在旁边，我就会忍不住龇牙。他本人似乎也知道这一点，从不靠近我。

伊万的上司试图发表严肃的演说："在劳动者的娱乐当中，马戏是一种高级的娱乐。因为——"记者打断他的话："你之前被动物咬过吗？"他陷入沉默。记者们问出各色各样的问题，像彩纸屑般浇了伊万一身。"听说你会熊的语言，是真的？""人们说灵魂被熊夺走会导致早死，这是迷信吗？"不管人们问什么，伊万的回答一律不得要领："这个嘛，其实，我呢，谢谢，不，不好意思，就是说，那个，倒也不存在。"他就说了这些。然而到了下周，不仅是国内的主要报纸，甚至还有邻国波兰和东德的报纸都刊载了大幅报道。

我从未想过，成为作家，会让自己的生活有如此巨大的变化。准确地说，并不是我成了作家，而是我写的文章让我成了作家。结果再产生结果，不断把我拉向自己都搞不懂的境地。如果这就是成为作家，当作家也许是一种比踩球更危险的技艺。踩球也是一项费工夫的技艺，事实上，我的确因此骨折过，但我最终掌握了这种特技。拜踩球所赐，我有信心在滚动的东西上保持平衡。作家生活这种滚球的特技，会将球滚到何方呢？如果笔直向前，就会从舞台掉下去，所以只能在自转的同时做公转，不断画出圆圈。

写东西像外出狩猎一样累人。就算闻到猎物的气味，也未必能将其捕获。肚子饿，所以去狩猎，可是肚子饿的时候狩猎不太成功，所以我以为，理想状态是在餐馆吃个全套大餐再出门狩猎，如果做不到这一点，如果狩猎前至少能一动不动地待着该有多好。据说在从前，每到冬天，人们大多不怎么活动，每天半睡半醒地待着。如果可以不管外面的世界，窝在家中直到春天来临，该有多好啊。昏暗无声，可以不做任何事，这才是真正的冬天。在城市，冬天变得短暂，我总觉得就连寿命也因此变短了。

我能清晰地回想起自己首次登台和记者见面会的事，那之后的回忆却接不上。我当时只是不断工作，大概有十年，我一直在灼热中持续工作，没有过冬天。煎熬和疼痛都成了出人头地的养分，没有留在记忆中。

我的节目和词汇量都在不断增加。只是再也没有出现过我第一次理解什么是杂技的瞬间所体会到的那种震惊，之后我不过是一个接一个地掌握新的绝活。工厂劳动者有时被调到新的部门，或是被委派了更复杂的工作，也还是觉得自己在勉强从事单调的劳动，很难有职业的自豪感。我的情形也一样，也许就连马戏团的工作也被传送带化了。对此，我在一场名为"劳动者的自豪"的研讨会上也做了发言。

我把写到这一段的稿子拿给海狗，结果他说："最好别写议论政治的文字，也别写哲学性的东西。读者想知道的是，具有野性的你是怀着怎样的心情，经过怎样的过程学会耍杂技的。他们想知道的不是你的想法，而是你的实际体验。"我听了这话有些恼火，于是在回家路上去国营菜场买了一瓶油菜花蜜，用手舀着吃，一口气舔完了。

那之后，我试着避免写到政治性的内容。

观众也许会以为，我有骑三轮车的才能，所以能练好这套本领，达到无人能及的纯熟程度，然后演给人们看。但事实上，我并没有选择的余地。只要我骑上三轮车，周围的人们的喜悦就会化作方糖传递给我。如果我把三轮车扔出去，就得不到食物，而且会有鞭子飞过来,大家的憎恶扎在我身上。伊万也和我一样。他没有选择的余地。还有那个负责舞台音乐的钢琴师也一样。他不属于马戏团,每次演出前来和我们一起练习。他并没有弹还是不弹的选择余地。我们都是被逼的,无非是在各种情况下做到自己的最大限度或最小限度。我没有被伊万用暴力威逼。我也没有逞强做出多余的动作,或是跳没用的舞给人看。我是根本没有选择的余地。因为我能做的事只有那么几件。而如果不做那些,我就会死。仅此而已。如果哪天我的体力不够了,或是伊万没了干劲,又或者是观众的热情淡薄了,就是说,只要少了其中一项支柱,我们的表演便不复存在。

我那篇被海狗登在杂志上的文章甚至得到了懂俄语的外国人的关注。一位住在西柏林的名叫艾斯贝格的俄语文学学者立即将其译成德语,发表在文学杂志上。当地的报纸登了这件事,还有读者写信给杂志,说想读到续篇。等我们这边的第二章刚一发表,那边就发表了译文,翻译紧追过来,就像卡农曲似的。被翻译这么一追,我仿佛被猫追赶的老鼠,只能不停地继续往下写。

艾斯贝格并非擅自翻译我的作品发到杂志上,似乎是海狗未经我的许可卖了版权,还把得来的外币塞进自己的腰包。公寓的管理员大妈对我说,肯定是这样没错。我得了她的指点,去质问海狗,他一口咬定没这回事。因为肤质,海狗撒谎也不会脸红。而且他口出恶言:"你有时间管翻译,还不如接着写。"说完,他板着脸把头一扭。

我一肚子的火,想找个地方撒。我做了件自己都觉得卑鄙的事。我用公共电话给海狗的杂志社那栋楼的管理员打了个匿名电话他揭发他:"海狗藏有外币。"管理员早就知道海狗不光藏有外币,还有好多西方朋友。不过他肯定被海狗预先收买了。因为这一类电话有可能是上头在故意试探,所以他也不能坐视不管,如果他本人因此被扔进大牢可就糟了。于是管理员先通知了海狗,再向上头报告。当然,这一切仅仅是我的推测,有可能全都不切实际。总之,据说上头进行搜查的时候,海狗那儿不仅没有藏匿的外币,连一块西方的巧克力都没找到。

我后来听说,这一年,有个住在敖德萨[1]的女人从

---

[1] 位于现在的乌克兰南部。

希腊游客那里买了一辆白色丰田车。她的邻居们感到诧异：她哪儿来的那么多外币？有人说见过海狗出入那个女人的豪宅。我心想，海狗是用出售我的版权赚的钱给他的秘密情人买的丰田车吧？

对我来说不幸的是，艾斯贝格是位才华横溢的翻译家。他把我写的稚拙文字翻译成具有艺术性的文学作品，西德的报纸很快也刊载了评论，对我的文章大加赞赏。不过，我从读过评论的人那儿听说，文艺评论家们并不是从文学的角度称赞我写的东西。

当时，由于让动物在马戏团演出是不人道的做法，在西方，正在进行禁止动物在马戏团表演的运动。人们相信，动物尤其会在社会主义国家遭到迫害。我国有位女作家阿柯娃写了本书叫《爱的调教》，因此遭到西方各国的批评。她的父亲是著名的动物行为研究专家，她本人曾在采访中谈到自己不用鞭子和暴力，就让西伯利亚的老虎和狼学会了表演杂技，后来她把相关的内容写成了书。西德有些记者对这本书感到愤怒，气势汹汹地评价："不使用暴力根本不可能让猛兽学会杂技。这本书的目的是把马戏正当化，而马戏是赚取外币的伪艺术。"这群记者把我写的文章当作虐待动物的证据。

上头似乎留意到我的作品在西方各国成了话题。有一天,海狗寄来一封快信,宣布"连载中止"。我个人虽然对海狗感到气愤,但并不担心自己的去处。我心想,就算海狗这家伙的杂志不给登,只要接着写,总会找到更好的刊物发表。而且再也不会有海狗对我又是打击又是催稿了。我打算专心在家过写作生活,不用顾忌任何人。

我的生活安静得如同熄火之后的暖炉。之前,我哪怕去附近买个罐头都会有读者过来搭讪,可是突然就不再有人接近我。不仅如此,就连我在热闹的市场东张西望,也没人和我视线相接。大家像是故意不理我。我上班的事务所来了信,我一阵欣喜,结果信上写的是"你暂时不用来了",说是从古巴邀请音乐家的企划已经由别人接管。而且再也没有让我参加会议的通知。

做文学杂志的不止海狗一个人,可是其他杂志社也没找我约稿。大家串通一气无视我。想到这里我就来气,也不管自己正在写稿,把手中的圆珠笔狠狠地往木头桌子一扎。圆珠笔扎进去半截,"啪"地断了。

我原以为,自愿或被迫"折笔不写",是那些有模有样的两条腿的作家玩的独角戏,但似乎并非如此。我轻易地被迫折笔不写,就像婴儿的胳膊骨折了似的。

这样的情况下，有一天，国际交流促进会来了一份通知。上面写着："您是否愿意参加在西伯利亚种植橘子的项目？如果有您这样的知名人士参加，宣传会比较有效果。"我心里美滋滋的，就像有人用玫瑰花瓣在我耳朵里挠痒痒，我立即答应下来。

接到通知那天，我出门去扔垃圾，公寓的管理员大妈站在门口。她有些慌乱，没话找话讲似的问我："你还好吗？"我说："我要去西伯利亚了。"我说起刚收到的请柬内容，大妈皱起眉，用同情的眼神看我。我慌忙补了一句："是个栽培橘子的项目。"可她不仅没有表现出释然，反倒像要哭出来似的。"我有事要出门，先走了。"她说着，紧紧地抱住手提包，往街上走远了。

我非常天真，以为既然以色列的沙漠可以种猕猴桃和番茄，那么西伯利亚肯定也可以种橘子。我把情况想得很乐观，甚至觉得，我反正喜欢寒冷，西伯利亚很适合我。

管理员大妈从那天起就开始回避我，每当我开门，即便她本来在走廊，也会立即回到自己的屋里，把门一关。我出门的时候，她还从窗帘缝偷偷观察我。如果我有事找她，就算敲门，她也装作不在家。

一直不和人说话，耳朵里就会长霉。舌头在吃东西的时候也会用到，但耳朵只用来听声音和人的说话声。我每天听见的只有有轨电车的嘎吱声，感觉鼓膜都生了锈。我想至少买个收音机，去了家附近的电器行，但收音机卖断档了。如果是质量不好的收音机，音色和机器的嘎吱声没什么差别。我又去买便笺，和文具店老板聊起西伯利亚种橘子的事，结果他立即回答："真可怜。不过你有办法推掉吧？"也许我该留个心眼。我刚回到家，管理员大妈悄然走出房间，往我手里悄悄塞了个纸条。纸条上写着一个男人的名字和地址。我猜大概找到这个人就能获得帮助，但我磨磨蹭蹭的，又一周过去了。

下个星期一，邮递员满脸通红地送来一封挂号信。这是一封难以理解的请柬，上面用枯燥乏味的文体写着："希望您能出席将于西柏林举办的国际作家会议，报酬为一万美金。"我以为自己看错了，又读了一遍。仍然是一万美金，西柏林。为什么要付这么一大笔钱过来？而且信中写道，报酬不是直接付给我，而是打给我国的作家同盟。我后来想到，这个支付条件是为了让我的签证马上批下来。事实上签证很容易就下来了，收到信之后不到两周，我就从莫斯科飞往东柏林的舍讷费尔德机场。

这是趟短期旅行,所以我几乎没什么行李。机舱内有股融化的塑料味,座位极其逼仄。我在东柏林的舍讷费尔德机场刚下飞机,便有一位面无表情的警官来接,我搭乘他的小面包车到火车站,然后他让我独自坐上前往西柏林的小火车。火车在中途查证件,我拿出人家让我带的文件。

火车相当空,车窗玻璃极厚,窗外的景色因此显得扭曲。就在这时,我感到有个小东西触及自己的额头。是苍蝇?原来是一行文字:"这就是流亡。"也许这是什么人为我安排的流亡之旅,让我得以逃离某种危险。

有个戴眼镜的二十多岁的女人走过来对我说了什么。我答道:"我不懂德语。"她便用笨拙的俄语说:"你是俄罗斯人?"我当然不是俄罗斯人,正当我茫然失措不知该怎么回答的时候,她说:"噢,你是少数民族吧。我在高中的时候写过关于少数民族人权的小论文,生平头一次拿了满分。我到现在都忘不了。少数民族万岁!"她在我身旁坐下。我的脑袋有些混乱。我们一族算是少数民族吗?我们的数量好像确实比俄罗斯人少。但那是在城市,到了北方,我们的数量远超过俄罗斯人。"少数民族的文化真棒!"戴眼镜的女人说着,独自兴奋不已,"你接下来要去哪里?你有朋友在西柏林吗?"她相当烦人。我觉得她说不定是间谍,没再作答。

列车一点点放慢速度。窗外的悬铃木刚才一直在全速奔跑,这会儿像拄拐杖的人那样走着。火车钻进巨大的半球,嘎吱作响地停住了。

车站是个巨大的马戏团小屋。从魔术师的丝质礼帽飞出的鸽子们在头顶上咕咕叫着。铁制的驴子驮着手提箱从一旁经过。下一个节目刚刚闪亮地显示在电子告示牌上,便有身穿华服裸露大腿的年轻女人得意地出现。主持人用麦克风向观众报出明星的大名。哨声响起,穿着衣服的狗上了台。柜台上堆着奖励用的方糖。

我正在东张西望,忽然有一捧散发着蜜香的花束被举到我的面前。"欢迎您的到来。"好几只手向我伸来。肥乎乎的手,骨节粗大的手,纤细的手,手,手,手,手,手。我像政治家一样给出自己的手,摆着架子逐一握了手。

花束很大。但我不记得自己表演过什么才艺。还是说，我的流亡是一种未经排练也没有安全绳的仅此一次的大型杂技？递给我花束的是一个头发染成火红色的女人，她满脸友善，动着嘴巴想说什么，却没说一句话。站在她身旁的肥胖青年代她问候道："不好意思，这里只有我懂俄语。我叫沃尔夫冈，请多关照。"他旁边站着个满头大汗的男人，右手举着旗子，上面用俄语写着"不让作家在西伯利亚种橘子协会"，左手拎着一只大包。另外还有几名同伴，其中还有白发老者，他们一行人一律穿着熨烫齐整的牛仔裤和擦得发亮的黑皮鞋，也许是制服吧。

我完全听不懂他们的话。他们一个接一个地消失了，最后只剩下我和沃尔夫冈两人。"好了，走吧。"他说。

道路两边的建筑比莫斯科的小，表面像蛋糕一样做了装饰。每一辆汽车都擦得闪闪发光，甚至可以在车身照镜子。不知为什么，几乎所有人都穿着牛仔裤。起风的时候，空气中飘来被焚烧的哺乳动物的气味、煤烟味，还有香水味。

我们来到公寓。公寓外墙干净得就像是昨天刚刷好的。我打开冰箱，迎接我的是丰盛的美食。切得像纸一样薄的粉色三文鱼几片一包用保鲜膜裹着，塞满了冰箱。我搞不懂为什么要包装成这样。我打开一包尝了尝，觉得有点儿烟熏味。也许是渔夫抽烟太凶的缘故。过了一会儿，我发现这滋味很美。沃尔夫冈从我身后得意地问："房间不错吧？"但我对房间不感兴趣，要是可能的话，我恨不得钻进冰箱里过日子。沃尔夫冈见我死盯着三文鱼，愕然笑道："我们买了不少放在这儿吧。这下，你的吃饭问题暂时解决了。"说完，他又微微一笑。他刚走，我就一口气把三文鱼吃光了。

等到冰箱的上部空了，我注意到最底下还有个抽屉。里面有好多透亮的冰骰子。我扔了几粒在嘴里，嘎吱嘎吱地嚼了。

厨房待腻了，我去了隔壁房间。屋里有电视机，电视跟前有把椅子。我刚坐下，椅子便"嘎嘣"一声，断了一条腿。房间最里头是浴室，里面有个小小的淋浴间，就像移动马戏团的货车里的那种。我让冷水从头顶浇下来，浑身湿漉漉地出了浴室，走廊聚起一个个小水洼。我簌簌抖动身体，把水甩干，然后往床上一躺，随即忍不住吃吃直笑。我以前读过和此刻一模一样的故事。三只熊在早上煮了粥。他们在喝粥之前去散步，结果在他们外出的时候，有个人类女孩迷了路，闯进他们的家。女孩喝了做好的粥，试着坐了椅子，把椅子弄坏了，最后她上床睡着了。三只熊回到家一看，粥没了，椅子坏了，床上躺着个女孩，他们吓了一跳。女孩醒过来，慌忙逃走，三只熊目瞪口呆地目送女孩离开。我觉得自己好像变成了那个女孩。说不定熊们会在我睡着的时候回来。

没有熊回来，倒是沃尔夫冈第二天来看我的情况如何。"你怎么样？""我觉得自己好像变成了熊的绘本里的女孩。""熊的绘本？你说的是小熊维尼？还是帕丁顿熊？"这些名字我都没听过。"我说的是列夫·托尔斯泰的《三只熊》[1]。"当我回答，这次是沃尔夫冈说"没听过"。

我和沃尔夫冈之间有道冰帘。不过冰这种东西，就算看着坚固，靠体温肯定很快就能融掉。我开玩笑地试着和他勾肩搭背，他一下子逃开了，脸绷成了正方形。"我带来了纸和钢笔。我们盼望你继续创作，请你马上动笔，尽早完稿。报酬方面是有保证的。"沃尔夫冈的口吻带着谎言的气味。谎言有各种各样的气味，他的是这一种：他仅仅是在转达上司的指令，并没有

---

[1] 三只熊的童话有多个版本，托尔斯泰也写过。

表达他自己的不同意见。沃尔夫冈说了谎,可他毕竟太嫩了。我从气味就能知道,他几乎就是个孩子。我开玩笑地冲过去推他,他一把揪住我,噘起嘴说:"你别这样。"我小心地把他推到一旁,没怎么使劲。就这样,我们开开心心地玩闹了一会儿,谎言的气味从沃尔夫冈的身上消失了。

我忽然饿得胃疼,便扔下倒在地上的沃尔夫冈,冲进厨房。就在打开冰箱门的同时,我想起里面的三文鱼已经一片不剩。沃尔夫冈跟着来到厨房,看见空空如也的冰箱,故作洒脱地说:"看起来三文鱼味道不错啊。"他似乎想用这句话掩盖震惊。

我没有邀请沃尔夫冈,但他第二天又来了。他眨巴着眼睛,有点结巴地问我:"你怎么样?""不太好。"我不擅长微笑,所以立即给人气冲冲的印象。沃尔夫冈因此有些战战兢兢,问我:"不太好是什么意思?""我肚子饿死了。""我想你应该没生病。"那是自然。我从小被教导过,生病是那些不站在舞台上的人闲得无聊演的戏,所以我自打从娘胎里出来一次病都没生过。"你昨晚做什么了?""我一直坐在桌前,可是怎么也写不出自传。"沃尔夫冈的眼睛冷冷地一闪:"你别着急,又没人硬逼着你赶紧写。"他又散发出谎言的气味。我脊背一寒,对沃尔夫冈生出惧意。"饿着肚子不会有灵感,我们去购物吧。""我没有钱。""那就开一个账户,这样你随时可以自己取钱。会长也说过这样比较好。"

我和沃尔夫冈一起出门去银行,途中有座巨大的混凝土雕像站在路旁。"那里边是马戏团?""不是,那儿是动物园的大门。""那道铁栅栏后面有动物?""后面有好大一片空地,那里有各种各样的笼子,笼子里有许多动物。""有狮子、豹子和马?""我猜有上百种。"我一惊,屏住呼吸。

我接下来做的并不是坏事,不知怎的却让我有些不安。首先,我和沃尔夫冈一起走进一栋有着古怪标志的建筑,和柜台后的男人低声交谈,写了文件,接着我按下指纹代替签字,开了一个银行账户。我的卡还要一星期才能办好。沃尔夫冈叉开双腿站在机器面前,用他自己的卡教我该怎么取现金。接着,他带我去了一家超市,位于火车行驶的铁桥底下。超市深处灯火通明的位置排列着烟熏三文鱼。"接下来的几天,我有其他重要任务,所以不能去你那儿。我们一周后一起去领卡。这一周你就吃这些,别吃太多。"他在分手的时候说。我在当天夜里就把他买给我的三文鱼吃光了。之后的几天我什么也没吃,倒也不觉得饿。

"像你这样一个劲儿地吃加拿大三文鱼可不行。"一周后,沃尔夫冈来找我,他打开冰箱,说了这话。他的声音相当沉静,但听起来就像是在骂人的时候努力避免歧视用语,让我莫名地呼吸困难。我心里难过,仿佛搞砸了自己的绝活似的,可当我试图思考为什么不可以一个劲儿地吃有着加拿大之名的三文鱼,脑子开始有点乱。我问他:"加拿大为什么不可以?"沃尔夫冈为难地答道:"不是加拿大的问题。加拿大三文鱼很贵,这样吃的话,存款会一个劲儿地减少,你得节约。"我不太清楚他想表达的意思,但"加拿大"这个词的发音清凉又美好。"你去过加拿大吗?""没。""那是个怎样的国家?""是个非常寒冷的国家。"一听这话,我真想现在就去加拿大。

"寒冷"这个形容词真美。我甚至觉得,我可以为得到寒冷做出任何牺牲。结冰的美,冷得发颤的乐趣,散发寒意的真实,让人浑身一冷的危险把戏,让人脸色惨白的才能,被冷彻打磨的理性。寒冷就是丰盛。

"加拿大是个非常寒冷的国家?""没错。冷得让人难以置信。"我出神地想象着极其寒冷的街镇的光景。建筑物由透明的冰造成，三文鱼游过街道，代替车辆。我从早到晚开着窗，但柏林对我来说几乎是热带，这会儿是二月，气温有时却超过零摄氏度，我热得难以入睡。我决心流亡到加拿大。既然已经流亡过一次，第二次应该也能行。

那天，沃尔夫冈和我一起去银行取我的卡，我有生以来第一次亲手把硬邦邦的方形碎片放入机器的缝隙，按了四次数字"1"的按钮，看着钱从里面出来。接着，我试着按了几下数字"2"。沃尔夫冈训斥道："你干什么？钱已经出来了吧！"我原以为，按其他的按钮，出来的或许不是钱，而是更有意思的什么。

我进了超市，里面的各种气味过于强烈，以至于我忘了三文鱼的位置。超市要是只摆着三文鱼就好了，可这里还在卖许多无用的东西。"这是什么？是吃的吗？"我一样样地问沃尔夫冈，这才发现世上有许多我之前从未见过的事物。摘下来的叶子，挖出来的根，从树上掉落的苹果。我知道世上有些生物喜欢吃这一类的东西。可是诸如涂在脸上的油、涂在指甲上的颜色、挖鼻孔的小棍、特意用来装反正要扔的东西的袋子、擦屁股的纸、用来放食物并且吃完后扔掉的圆形纸、孩子练字用的画有熊猫的本子，这些东西的构想稀奇古怪，而且每一种都散发着讨厌的怪味，我摸了之后开始手痒。

我渐渐烦躁起来，说："我要回家。我想写自传。"沃尔夫冈像是松了口气。

然而当我独自面对书桌，桌子太矮，写不出自传。我心想，是不是如果让纸凑在鼻尖底下，像接鼻血似的，我的记忆就会涌现出来？我之前让沃尔夫冈回去了，因为有他在写不了；这会儿我没法和任何人交谈，又因为寂寞写不了。

那之后，沃尔夫冈连续几天都没出现。也许银行账户这东西是恋人的替代。钱被汇入银行账户。我取出钱，去购物，然后吃下买来的食物。我冲到银行，推开门，按下按钮，名叫"钱"的恋人就出现了。但钱本身不能吃。我去了超市，把钱换成三文鱼。我不管怎么吃都吃不饱。我自己也意识到了，我的大脑的一部分正在退化。夜里睡不着，早上犯困，怎么也起不来。我的手脚无力，心情渐渐阴郁。我正在不断退化。我想在寒冷之中磨炼特技，站在舞台上迎来掌声。

我出了门，一辆摩托车咆哮着从我面前飞驰而过。平生头一次看见小摩托车的时候，我害怕引擎声，怎么也不敢靠近。我当时已经会骑三轮车，但在自行车上掌握不了平衡，于是他们为我送来一辆不需要维持平衡的特制摩托车。伊万发现我怕引擎声，为了让我习惯那个声音，他让引擎昼夜不停地在我的笼子旁边运转。没错，我那时是在一只笼子里。想起这一点，我感到屈辱，彻底没了继续写自传的心情。

我把铅笔一扔，又去了街上。人们穿着像是狐狸尸体的外套，走过街道。沿街排列着巨大的玻璃窗，从外面可以把里面看得一清二楚，不仅是店里卖的东西，还包括在餐馆吃饭的人们的盘中物。走在路上的人们看上去很是百无聊赖。他们如果读到我以前在笼子里的故事，可能会打消无聊，兴高采烈。

银行的斜对面有家书店，我经常留意到在里面工作的男人身上的白毛衣。近来我开始关注那个人。那天，我鼓起勇气走到书店跟前。里面似乎空无一人，我便走了进去，这时，穿白毛衣的男人不知何时站在店门口，问我："请问您要找什么书？"因为他堵在门口，我虽然窘迫，却无处可逃。"有自传吗？""谁的自传？""随便谁的。"男人一指斜后方的书架，说："那个架子全都是自传。"不知从什么时候起，我已经可以用德语进行这样的简单交谈。

写着"自传"的书架分作十格,摆满了厚厚的书。我感到沮丧。看来自传这东西人人都会写。"但这全都是德语的。""自然是德语。""那我想学德语。""你不是讲得挺好吗?""说话自然而然就会了,可我不会读。""既然这样,请看那边的架子。有很多学语言的书。用英语解说的教材怎么样?""不要英语的,有没有俄语或者是……北极语?""有俄语的。"

学语言的教材比加拿大烟熏三文鱼便宜多了,但是不好消化。学语言的教材就像机器的说明书,语法部分对动词、名词、形容词等零部件逐一做了说明,但全部读完也没法把机器组装起来。书的后面有一章叫作"应用篇",里面有个小故事。故事有趣极了,我把语法扔到一边,狼吞虎咽地读了。

故事的主人公是一只女老鼠,她的职业是歌手,为"volk(民众)"歌唱。我查了教材附录的词汇表,得知"volk"等于是俄语的"народ"。

我过去以为,民众这个词的意思是"马戏的观众"。自从离开舞台,开始出席会议,我至少明白了一点,自己之前的想法是错的。可如果有人问我这个词的真正含义是什么,我还是搞不清。虽然搞不清,但不至于造成什么不便。

总之,民众认真地竖起耳朵,倾听女老鼠的歌声。没有人故意学她,也没人发笑或是喧哗。我的心猛跳一拍。我的观众们也同样。尽管人人都会用双腿走路或骑三轮车,观众们却默默地观看我的表演,甚至还为我鼓掌。究竟是为什么呢?

等我再去书店,穿白毛衣的男人咳嗽着走出来,问我:"那本教材有用吗?""搞不懂语法,不过我看了里面的故事,很有意思。名叫约瑟芬的老鼠歌手的故事。[1]"那人一听便笑了,"既然你能够读故事,就用不着琢磨语法了吧。"然后他递给我另一本书,"这是同一位作者的作品。他从动物的视角写了很多短篇小说。"说到这里,他和我视线相接,慌忙道:"当然,我的意思并不是作品的价值在于他从少数族裔的角度描写,而是指这些故事作为文学作品出类拔萃。与其说动物是故事的主人公,更准确的说法是,动物或者人在异化的过程中消失的记忆才是主人公。"他乱糟

---

[1] 这里所说的故事应该是卡夫卡的作品《女歌手约瑟芬,或耗子民族》。

糟地加了一堆难懂的话。我不想让他看出我跟不上话题，低着头接过那本书，试着问他："你叫什么名字？"那人吃了一惊："不好意思，忘记说了，我叫弗雷德里希。"但他没问我的名字。

我的指甲太长，没法随意翻书浏览。可一旦剪指甲就会流很多血，所以也没法剪。没办法，我"啪"一下翻开其中的一页。关于狗的短篇标题跃入眼帘。坦白说，我不喜欢狗这种卑鄙又胆小的动物，他们会迈着小碎步从后面凑过来，试图咬我的脚踝。但弗雷德里希告诉我，这个短篇的标题是《一条狗的研究》，我对狗的偏见因此有所缓解。原来狗也有钻研心。"这一篇也不错，不过还有篇小说，《一份致某科学院的报告》，那篇特别有趣。"说着，弗雷德里希露出如同老师的满意神色，看向我的脸。

我把那本书买回去，立即读了《一份致某科学院的报告》。我承认，这是个相当有意思的故事，但有意思也分多种情况。我读着读着就怒不可遏，不由得忘我地一直读下去。这本书就是这种意义上的有意思。猴子主要是炎热地带的居民，所以对我来说可能有些费解，但故事是由他书写自己怎样变成了人类，这一构想是"猴性的"，我不喜欢。光是想象有谁像猴子一样学人样，借此讨好人类，我就感到背上一阵奇痒，仿佛跳蚤和虱子一起在我背上跳摇摆舞。作者打算写一个励志故事。无非是双脚站立而已，根本算不上进步。

想到这里，我忽然想起自己也在小时候学会了用双脚行走，不由得悲从中来。我不单单学了，还把这件事写下来发表了。那些读过《带泪的喝彩》的人，或许会误以为那是本猿猴式的进化论的书。如果早些读到这个猴子的故事，我就会换种写法。

第二天，好久没出现的沃尔夫冈来了，我和他说起猴子的故事，他的脸一皱，说："我觉得你既然有看书的时间，还是写东西吧。对作家来说，读书是浪费时间。因为你读别人的书的时间，本可以用来写自己的书。""但是看书可以学德语吧？如果我能用德语写作，就可以不用翻译，对你来说节约了时间。""不对，你必须用母语写作，必须自然而然地吐露你的真实内心。""母语指什么？""妈妈的语言。""我没和母亲说过话。""就算没说过话，母亲就是母亲。""我想她不会俄语。""你的母亲是伊万吧？难道你忘了？女性成为母亲的时代已经结束了。"

我的脑子有些乱。沃尔夫冈讲这番话的时候没有散发谎言的气味，所以他说的肯定是真心话。但我更加没法信任他。也许是他的上级交代过,要让我用母语写作。说不定他们打算在翻译的过程中把我的文章改得对他们有好处。蜜蜂能把花蜜变成蜂蜜。花蜜也是甜的,而蜂蜜那种又浓又稠的味道是由蜜蜂的身体分泌出某种液体与花蜜混合之后发酵而成的。从前有一场名为"养蜂业的未来"的会议,资料中写着这些内容。一想到沃尔夫冈他们或许打算混入自己的体液,把我的自传做成另外的东西,我就有些不舒服。如果我用德语写作,并且自己取标题发表出来,就能减少我的自传被扭曲的危险吧。

沃尔夫冈声称:"我不想妨碍你写东西,先回去了。"他走出公寓,我从窗户目送他的背影。公交车来了,那个背影被公交车吸了进去。看到这一幕之后,我出门去了书店。书店今天难得有一名顾客,那人的头发黑极了,让我莫名地有些在意。弗雷德里希一看到我便睁大了睫毛浓密的眼睛,咧嘴一笑。"你好吗?天气真冷。"这么热的天,他却说"冷",让我心生落寞。我讨厌谈论天气。因为我感到,一旦谈论天气,周围的人和我绝对没法相互理解。"《一份致某科学院的报告》确实有意思,可我跟不上猴子的思维。猴子竟然学人样。""不过,猴子不是自愿那么做的吧。""关于这个,书里反反复复写到好几次,说是自己只能那么做。说是无处可逃。""作者写的是不是这个意思呢——我们人类也不是靠自己的意志走到今天,为了生存,我们别无选择,不断变化,终于变成了现在的模样。"这时,之前一直弓着背站在书店一角读书的黑发男子抬起头,扶了一下眼镜,说道:"你这是近来流行的达尔文主义。认为不管是女人们化妆、撒谎、善妒,还是男人们发起战争,都是为了子孙的延续,所以人们必须赞同这一切。不过,我倒不认为人类延续子孙有那么重要,弗雷德里希,你觉得呢?"弗雷德里希顿时大声嚷道:"哥!"他和黑发男子拥抱在一起,我打算悄悄走出去不打扰他们,却被弗雷德里希拉住了。他介绍说:"这位是《带泪的喝彩》的作者。"我这才知道自己的身份暴露了,吃了一惊。

我开始分不清自己是为了买书来到书店,还是为了和书店的男人交谈而买书。也许我喜欢人类男性。他们纤弱无力,有着小小的身体,牙齿脆弱又可爱,而且手指非常细,几乎没有指甲。他们就像布偶,让我看一眼就想一把抱住。

有一天,有个名叫安妮玛丽的女人在店里等我。

她是弗雷德里希的朋友,加入了"思考人权问题的协会"。她对我说:"我想就社会主义国家的艺术家和运动员的人权问题写一篇报道,希望采访你。"我回答:"我没考虑过人权问题。"她一脸愕然。

事实上,我在这之前从未想过自己竟然和"人权"有缘。因为我一直以为,所谓"人权",原本就是那些只琢磨人类问题的人想出的语汇。蒲公英没有人权。蚯蚓没有人权。雨没有人权。兔子也没有。但鲸鱼拥有类似人权的东西。我以前为会议做准备时读过一篇资料,《捕鲸与资本主义》,从而有这样的印象。人权似乎是有着大身体的家伙拥有的权利。也许这个缘故,人们想让我拥有人权。毕竟,在肉食的陆地生物中,我们一族的体形最大。

安妮玛丽走后,我呆呆地站在排列着自传的书架之间,弗雷德里希一脸严肃,久久地望着我这边。我开始受不了他的注视,问道:"有什么新书?"他拿出一本题为《阿塔·特罗尔》的书。"你看这本吧,熊的故事。"封面上的作者名是海因里希·海涅,我翻开书,碰巧翻到一页插画,上面有只黑熊在睡觉。我爱极了那幅画,从此放不下书。我正要把书拿去收银台,弗雷德里希摸了摸我的手,问我:"你的手是冰凉的。

你冷吗?"我苦笑。

第二天我跑到书店,抱怨说:"你卖给我的书很难消化。"弗雷德里希目不转睛地望着我的眼睛,"难消化是有原因的。作者可能是故意把书写得艰涩,为了避免遭到敌人的攻击。""敌人指什么,譬如狼吗?""譬如审查。""审查是什么?""当权者规定,如果书里写了他们不喜欢的事,就不许出版。苏联没有审查吗?"我试图回忆,但脑袋一团乱,想不起来。"就为了这个,特意把简单的事写得复杂?""有时候,就算你想写得简单,其他人也会把事情想得复杂,对吧?不过呢,"他翻动书页,"你看看这一句,就会觉得买这本书挺好吧?"

那一句写的是:"自然"不可能把人权这种"非自然"的东西给予人。弗雷德里希说:"如果所有人都有人权,那么所有的动物都有动物权。那我昨天吃的牛排呢?我没勇气这样往深里想。我哥哥因此成了素食主义者。"说罢,他目不转睛地看着我。我回答:"我没法成为素食主义者。"不过我知道,我的远亲当中有好些不吃肉。他们主要食用蔬果,最多偶尔吃点鱼和蟹。很久以前有人问过我:"你为什么要杀其他的动物?"我当时不知该怎么回答。那是在名为"资本主义与肉食"的研讨会上。

我为暴力性的自己感到羞愧。在我很小的时候，当老师说："大家围成一圈跳舞吧。"我没能参加。一开始，老师拉起我的手，把我带入圆圈，但我最终站在角落里，光是看着大家跳。由于只有我一个人单独行动，有一次，有个小朋友对此感到诧异，问老师为什么，老师回答："因为那孩子自由散漫。"我条件反射地一伸手。老师被我推得摔了个屁股蹲儿，我开始害怕我自己，从三楼的窗户跳出去逃走了。那之后，我得到的评价是："那孩子是个问题儿童，不适合集体生活。不过，她的运动能力很强。"我因此独自一人被送到特殊学校。在社会主义国家，运动能力是一种资本。我听说自己会被送到精英学校，可是到那儿一看，就被关进了阴暗的笼子。我回想起当时沉重阴郁的心情。伊万就是在那里出现的。对了，我在幼儿园的记忆似乎是见到伊万之前的记忆。

我刚写到这儿，门外响起敲门声，仿佛有人一直在门口候着似的。我打开门，只见沃尔夫冈和一个陌生男子并排站在门口。据说那人是"不让作家在西伯利亚种橘子协会"的新任会长。大概是从沃尔夫冈那儿听说我能用德语交谈吧,他挤出一个笑容,试探着用德语对我说:"您过得怎么样?"此人名叫叶格,这个名字有种卑劣、滑头又麻利的感觉。他的五官被白发簇拥着,显得优雅,如同一名将军。以前常有他这种相貌的男人坐在马戏团观众席的第一排。

"您的自传进展如何?"听到他的问话,我立即生出逆反心理,觉得岂能让将军抢走我写的东西,于是我决定装成什么也没写。"一直没有进展,因为有语言方面的问题。""语言的问题?""德语太难了。"叶格带着责备瞪了沃尔夫冈一眼,然后用压抑着怒气的声音说:"我以为让人转告过您,请用您自己的语言写。我们有优秀的翻译家。"说罢,他微微一笑。"用我自己的语言?我都已经忘了自己的语言是什么。我猜是北极语的一种。""您别开玩笑了。俄语是世界一流的文学语言。""不知为什么,我写不了俄语。""没这种事吧?请用您自己的语言自由地书写。用不着担心执笔过程中的生活费等问题。"他在我眼前露出满脸的笑意,但他的腋下散发出强烈的谎言的气味。我懂了,在人类的面部表情当中,微笑是最不可信的。人微笑,是为了显示自己的宽大,为了让对方安心并操纵对方。

我想向沃尔夫冈求助,可他却转身看着窗外。"只要自传出版了,您就能靠版税生活。肯定会是畅销书。"

因为他们的这次来访,我的笔又疲软了。"笔疲软了"是个雄性化的说法,也许不适合我;如果换成雌性化的说法——生下的东西越小越好。因为幸存的概率更大。而且最好在看似万物凋零的寒冬生产。不可以把生产的事告诉别人。熊妈妈在洞穴里生下熊崽,在黑暗中舔舐孩子,给它喂奶,等孩子长到一定程度才带出来。只靠嗅觉和触觉抚养熊崽。等幼崽长到一定程度,熊妈妈带着它离开冬眠的洞穴。古希腊人留下一个著名的故事,以前有只饥饿的熊爸爸在熊妈妈离洞时偶然经过,它不知道那是自己的孩子,吃掉了幼崽。人们说熊爸爸该好好学一下企鹅爸爸,这话让人无从反驳。毕竟,据说企鹅是由雌雄双方轮流孵蛋,雄企鹅不管自己有多饿,都会连续几周在暴风雪中守着蛋,等雌企鹅回来。

"每一对企鹅夫妇都是相似的,北极熊夫妇各有各的不同。"

我用俄语写了这句话,故意留在桌上,以防叶格再来侦察。果然,几天后,叶格又和沃尔夫冈一起来了,他死死地盯着桌上的文字。沃尔夫冈说:"这将会是一篇杰作!"叶格立即握住我的手鼓励我:"请继续写。写得越快越好。因为推敲是没有止境的。最糟的就是不动笔,一个劲儿地琢磨。""流亡之前,我想写的东西像蛆一样翻腾,可是来到这儿之后,我好像和从前的自己断绝了联系,记忆彻底断了,没法继续写。""可能你还没适应环境。""这里太热了,让我无法忍受。""啊?现在可是大冬天。你的手也是冰凉的。""我的体质就是这样,手脚冰凉也没关系。让手脚也保持温度等于是浪费能量,我只要心脏热乎就够了。""你没感冒吧?""我从没感过冒。我觉得我是累了。""累了可以看电视。"叶格留下这句话,同沃尔夫冈一起沮丧地并肩离去。

他们走后,我试着打开电视。一个面孔长得像熊猫的女人站在地图跟前独自高声说着什么。她好像在说,从明天起气温将下降三摄氏度。不就三摄氏度的温差,我不明白有什么好大惊小怪的。我觉得无聊,转到别的台,结果电视上有两只真正的熊猫。两名政治家站在笼子旁边握手。我想到自己就被人当作批评我国不保护人权的证据,被说成是在看不见的笼子里,被强迫劳动。

我觉得无聊,关了电视。一个肥胖的女人映在屏幕上。细看之下，原来是我自己。我吃了一惊。我怎么会这么肥？我的鼻子向外挺，所以如果光看面孔不会有肥硕的印象，但身体却很肥。而且我是溜肩膀，窄脑门儿。我的脸和刚才屏幕上的熊猫不一样，是尖的，丝毫不可爱。翻来覆去琢磨这些的时候，我突然想起自己小时候也有过同样的心情，眼睛里仿佛点燃了线香烟花。对啊，对啊，对啊。当时有个人安慰我来着。那是在什么时候？

当时只有我又白又五大三粗的，周围的女孩全都纤瘦，短鼻子，宽脑门儿，毛色是漂亮的茶色，她们走路时自信地挺着胸。"大家都漂漂亮亮的，真好。我也想变成那样。"我这么一撒娇，那人在旁边说："那些孩子是棕熊。又不是大家都是棕熊。做你自己挺好的。"又说："而且你生得比大家彪悍，相应地，你只要掌握了技艺，就会很有派头。"告诉我这些的是谁呢？是个拿着扫帚站在幼儿园院子里的人。那人的名字是？那人一直在那地方工作，是固定员工之一。极少在公共场合被提及其姓名，默默地工作，只有回到家，家人才会喊他们的名字——此人便是成千上万的劳动者中的一员。谢谢，谢谢你让我了解了自己。

我很会摔跤，能轻而易举地把其他孩子扔出去。然而有一天，有个孩子被我扔出去之后很不甘心，说了些什么。我想不起那孩子具体说了什么，不过在听到那番话的同时，我才意识到，大家的脖子上都系着漂亮的领巾，就我没有。就是说，只有我没被当成伙伴。我没有家。我必须表演杂技。可是相应地，只有我是自由的。还有，我得到了特权，接受人们的鼓掌喝彩，品味让人几乎晕厥的幸福。

沃尔夫冈单独来了，我不由得想把刚写的部分给他看。其实我最好不这么做，但我还是给他看了。沃尔夫冈接过刚写完还冒着热气的稿子，紧张起来，连外套也没脱就站着看，读完后，他往椅子上一坐，像是突然精疲力竭。"你恢复了创作的热情，太好了。我肩负着鼓励你的重任，被逼到绝境，每天都焦虑得啃指甲。""这样写可以吗？""可以。总之你写就是了。我觉得领巾的故事很有意思。系着领巾的孩子是加入了少先队吧？我以前也有过这种经历，班上的同学都参加了童子军，脖子上系着领巾，就我没参加，我可羡慕他们的领巾了。""你为什么没参加？""因为我母亲不允许。她说，童子军宣称要献身战斗，她不希望把那种心态灌输给少年。""你母亲讨厌那种想法?""是啊。你母亲怎么想?""今天天气真好,我想出去玩。""想去哪里?""我想去一次叫百货商场的地方。"

百货商场就像一个寂寥版本的超市,商品和人都没有超市多。那里有静静地卖着烤三文鱼的机器、花衬衫、巨大的镜子,以及花纹和海豹皮一模一样的包,不过没什么人买东西。有一处卖场用大音量放着音乐,里面装饰着旧唱机和带有黑斑点的白狗玩偶。如果就这些倒也罢了。每张唱片上都画着那只狗的图案。"是斑点狗。"沃尔夫冈说,"不同品种的狗长得完全不一样,而它们都是狗。觉得不可思议吧?"他一脸自得地看我,仿佛做出了惊人的发现。我想告诉他《一条狗的研究》也提到了这一点,转念作罢。我不愿意沃尔夫冈发现我看书而说我一顿。

在百货商场,就算什么也不买,光是走进去,视线就会自然而然地被吸引住,继而被吸走体力,它就是这么设计的。我没找到一件想买的东西,却精疲力竭,而且有种吃亏的感觉。我看到旁边有个游乐场,于是报复似的撒娇,说我就是想去那儿,硬是扯着不情愿的沃尔夫冈过去。

我们刚在游乐场的长椅上坐下,沃尔夫冈就问:

"你看了电视没有?"我回答:"电视里出现了熊猫,没意思。""怎么没意思?""熊猫化了个好玩的妆,所以它们不表演也不写自传就能出名。"沃尔夫冈少见地放声大笑。

一个瘦骨嶙峋的女人带着个男人走过。沃尔夫冈买来冰激凌给我,装在极其迷你的杯子里。我一口吃掉冰激凌,终于忍不住讲了真心话:"我想流亡到加拿大。""啊?你说什么?""我想流亡,到加拿大。"沃尔夫冈用舌头舔起的冰激凌掉在了地上。"你为什么想去那么冷的地方?""你觉得舒适的气温,别人未必觉得舒适。"沃尔夫冈噙着眼泪。我心想,他的表情很像狗。狗一旦失去伙伴,就会疯狂地咆哮和寻找。那不是出于感情。据说狗如果不聚成群就没法活下去,所以它们才努力抱团。至于我,我想单独过活。并非出于利己主义,因为独自更容易觅食,比较合理。

我向沃尔夫冈简短告别,到家后,我试图回忆小时候见到的唱机。然而脑海中浮现的是我在百货商场看到的唱机,而且那只狗煞有介事地坐在一旁。我记忆中的唱机似乎被百货商场的品牌唱机给覆盖掉了。

写自传也许是用推测来编造自己想不起来的事。

我认为自己已经在自传中详细地写过伊万。可是说真的，我完全想不起伊万的长相。更准确地说，我一下子过于清晰地回忆起他的脸，所以我知道是假的。

那天，我在开会的时候想起一些事，这是事实。那些记忆积蓄在我的胳膊的动作中。可当我试图描绘伊万的面容，出现的是绘本《傻子伊万的故事》中的伊万插图，我的伊万却无影无踪。

我对写作的疑惑苏醒了。写不出东西的时候，我忍不住拿起别人写的书。我知道自己不可以看书，我想如果重读已经读过的，罪过大概能轻些，于是我重读了《一条狗的研究》。这条狗并没有虚构相应的童年和少年时代，而是信笔写下此时的思考、疑问和不满。也许我也可以把自己的想法写下来。我没有义务创造看着跟真的一样的故事、符合我个人情形的故事。《一条狗的研究》的作者自由地写作，没有写任何的自传，他时而化作猿猴，时而潜入老鼠的世界。据说这位作家其实有着人类的模样，他每天去上班，夜里写作。我以前在布拉格开过一天的会，但我从未听过卡夫卡的名字。春天来到布拉格。生在多年以前的作者早在苏联成立之前就洞察到，周围的人们没有自由。

天天都是炎热的日子。脑袋里太热，理不清思路。如果我能流亡到冰雪的国度，一定能头脑清凉，心情舒爽。我想逃到加拿大。但流亡指的是由东向西，我不知道该怎样从西方继续向西流亡。就在我一筹莫展的日子里，有一天，解决之道自己从西方来了。

我正在散步，忽然有幅海报映入眼帘，上面是冰雪覆盖的景色，我因此第一次进了叫作电影院的地方。那是一部加拿大电影，介绍了住在北极的动物们的生活。雪兔、银狐、北极狼、蓝鲸、海豹、海獭、虎鲸，还有北极熊。像这样被制作成影像，再加上解说，感觉好像和我没什么关系，但我的祖先肯定也曾那样狩猎和生活过。

从电影院回来的路上，我在车站后面的路上撞见几名青年，他们正往墙上乱涂乱画。挺有意思，我默默地观望。当他们发现我站在那儿看，五个人当中个子最矮的吐出一句："滚一边去！"我讨厌别人把我排挤在外，暗自生气，站那儿没动，另外四个人也陆续朝我看过来。其中一个人问我："你从哪儿来的？"我答了句"莫斯科"，他们便一起过来打我。也许"莫斯科"这个地名的发音和"来打我"的发音相似。我心里嫌麻烦，用巴掌一个接一个地扇了那伙扑过来的消瘦平头青年。他们有的被扇得摔了个屁股蹲儿，一脸惊诧。有的被我扔出去又咬牙扑上来。有的看到伙伴们的惨状，摸出刀子笔直地朝我冲过来。我把那人的身子往我这边一扯，他往前一摔。我轻轻一推他的背，他跌了出去，撞到车子，倒在地上。他惨透了，嘴唇破裂流血，却仍然不肯放弃，气冲冲地朝我扑过来。我往旁边一闪，轻推他的背。他撒手扔了刀，摔倒在地，慌忙爬起来逃走了。另外几个年轻人早已不见踪影。

人类虽然瘦，动作却迟钝，他们在关键时刻眨好几次眼睛，所以看不清敌人。他们在完全不重要的时候匆匆忙忙，可到了真正紧要的战斗时刻，他们反而动作迟缓。既然不适合战斗，那就要想办法像兔子或者鹿一样聪明地逃掉，可他们不知为什么很好战。究竟是谁为了什么创造出人类这么愚蠢的动物呢？有人说，人的模样是对神灵的仿造，这种说法对神灵相当不敬。据说散落在北方的一些民族至今记得，神灵更像熊而非人类。

这时，我忽然看见地上掉了件皮夹克。衣服看着不错，我打算送给沃尔夫冈，把它捡起来回了家。

第二天，沃尔夫冈来了，我试探地问："我捡到一件皮夹克，我穿太紧，送给你吧。"沃尔夫冈一脸漠然的神气，当他的视线落在皮夹克上，忽然脸色泛白："这件皮夹克哪儿来的？上面是反万字符！"我一看，衣服上缝着某种十字架。难道我不小心误打了红十字会之类的大型机构的人？想到这里，我慌了神，忙给自己找理由："可是，是他们先打我的，我只不过是正当防卫。"沃尔夫冈的表情像在生气。我想他是不是误会得更厉害了，补充道："那伙年轻人可能受了轻伤，但应该不要紧。如果有必要，我会去道歉。但他们一听到'莫斯科'就朝我冲过来，是有什么误会吗？难道莫斯科在年轻人中间是某种暗号？"

沃尔夫冈叹了口气，在椅子上坐下。"你听说过右翼团体袭击外国人的事吧？不过，最容易遭到纳粹袭击的既不是黑人，也不是土耳其人，是那些从苏联回来的德国人。他们虽然有德国祖先，却在俄罗斯文化中成长。右翼最怕的是和自己相像却迥异的人。""可我长得像他们吗？""一点儿也不像。虽然不像，他们听到你提起莫斯科，心情复杂，火一下子就点着了。"

沃尔夫冈立即给社团的领导打电话，又报了警。第二天，这件事上了报纸。流亡作家被新纳粹袭击的新闻。我连一道擦伤也没有，所以新闻没法写成"身负重伤"，不过我被袭击的事属实，沃尔夫冈等人给加拿大大使馆写了信，帮我申请流亡。他们找了个理由，说是"如果留在德国，来自新纳粹的危险过于巨大"。事实上，是因为我净吃烟熏三文鱼不写稿，他们已经不想再照顾我了吧。"接下来就只要等大使馆的回复。"沃尔夫冈的话音里带着刺。

去加拿大的想法并未动摇，可是几天后，我心里生出一些之前从未有过的不安。那份不安最初尚且微弱，仅仅是："难得我现在下决心用德语写作，接下来又必须学英语吗？"接着，不安变得切近："各种语言乱七八糟搅在一起，脑子可能会变成一锅粥。"然后愈演愈烈，甚至深化为："以前的事，我在自传里多少写过一些，所以没事，可我不知道接下来会发生什么。"到最后发展成一个结论："我不懂那儿的语言，所以不管今后发生什么，我都没法记述。"我因此夜不能寐。我在不断消亡。死亡就是一切消失殆尽。我以前从不觉得死是可怕的，但或许是开始写自传的缘故，想到自己将会消失，而那些尚未被写出的部分将永不被写出，我便感到恐惧。

我的祖先肯定不知道何谓"失眠"。吃撑和失眠不管怎么看都是退化。我拿出藏在书桌抽屉里打算失眠时喝的伏特加。来到西柏林之后,在火车站小卖部很容易就能买到在莫斯科时难以弄到的"绿牌伏特加"。我对着瓶子大口大口地喝,结果瓶子吸在鼻子上,弄不下来。我试图扯下瓶子,很疼。该怎么办呢?我变成了独角鲸。我看见有只北极熊走近,慌忙跳进水中。北极熊显得懊丧。我定睛一看,那只熊是我叔叔。为什么叔叔想要吃我呢?我喊他"叔叔",他却露出牙齿对我咆哮。哦对了,我们语言不通。难怪他会这样。可我已经不会讲叔叔的语言了。没办法。只要待在水里,擅长游泳的我就不会有危险。想到这里,我放了心,这时旁边又出现了一头鼻子上顶着伏特加酒瓶的独角鲸,他对我低语:"现在可没工夫喝醉。当心!虎鲸来了!""不会吧。虎鲸不会来这一带。"我的话音刚落,另一头独角鲸出现在刚才那头的身后,答道:"最近会来。听说他们的老家发生了粮食危机。""好,那我们逃吧!"我们三个忽而钻出有浮冰的水面,忽而下潜,朝北方逃去。和伙伴们并肩游泳挺愉快。浮冰都很小,撞到脑袋也不痛。但是,好像有那么一座巨大的冰山,我只看到冰山的一角,大意了,整个角迎面撞在冰山上。"啪"的一声脆响,角从我的脑袋上断开。我以为角是无用之物，没什么要紧，结果这念头刚闪过，尽管只是失去了角，我却滴溜溜地打着转沉进海里。啊，呼吸困难。我周围有几头小海豹拼命划着前肢，像是也溺水了。我想吃他们，但我自己也正在下沉，没那个工夫。

我从噩梦中惊醒，睁开眼。去加拿大这件事本身让我感到不安。我在桌前坐下，呆呆地看向窗外，外面出现了一名骑自行车的少年。他的自行车造型奇特，让人想起腊肠犬。少年一收胳膊，让前轮悬在半空，以那样的状态骑了一圈。接着他放下前轮，一拧身子，倒坐在车座上。他在练自行车特技。中间他失败摔倒过，还擦破了膝盖，却没有停止练习。接着，他学会倒骑，开始挑战在车把上倒立。我的脑海中浮现出"自由自在"这个词。对了，我也想自由自在地驱动自己的命运，我要为此写自传。我的自行车是语言。我不写过去，写将来。我的人生会按照预先写好的自传发展。

当我在多伦多的机场降落，冷风热情地迎接我——我可以写一写接下来有什么人来接我，但那就和抵达西柏林的场景重复了。还有没有其他写传记的好方法呢？流亡到加拿大的人们写了怎样的传记？在这种时候为我排忧解难的只有书店。不出所料，弗雷德里希说"流亡文学在那个书架"，把我带到哲学书架的旁边。我不知该买哪本，他帮我选了三本，我全部买回去。

我翻开的第一本书写道："在加拿大，移民有很好的待遇。市政府举行了欢迎会，我和市长握手，收到一束花。"我把这段话抄了下来。然后全是作者去语言学校学英语的场景，我读着读着就开始抑郁。我好不容易学会了德语，没心思再学一门新语言。而最让我讨厌的是书上刊有语言学校的照片，我一看，学生坐的椅子又薄又小。我好不容易到一个新国家，竟然要让屁股挤在小椅子里，还要往脑子里灌一堆语法。而且书中说："语言学校的暖气很足，非常暖和。"我不由得一哆嗦。看厌了这本书，我打开下一本，这本说的是从新大陆的南方坐船偷渡到加拿大，书中写道："我在深夜来到没有人迹的港口。被海水浸湿的衣服冰冷，我脱掉衣服，用放在那儿的网裹住身体。网是用来捕鱼的，散发出强烈的海草味。"我喜欢冷衣服和海草的气味，立即把那段话一字不漏地抄下来。可是，天亮之后，这名主人公也去了市政厅和语言学校。我又合上这本书，翻开第三册的中间部分，映入眼帘的是"怦然心动"、"魂牵梦萦"和"接吻"等单词，我受到吸引，不觉往下读：

这是我在职业培训所上课时的事。一开始，我竭尽全力想听懂英语，没多琢磨学习以外的事，但教室里就我一个白皮肤，让我渐渐有种自卑感。没有人欺负我，可我照镜子的时候觉得自己肤色煞白，整张脸显得不健康和阴沉，我感到心里不舒服。我想晒黑，一放学就到学校附近的湖边躺着，但我好像是晒不黑的体质，一直没变黑。班级里有个待人和善的青年，名叫克里斯蒂安。有一天他问我："你怎么了？没精打采的。这个星期天一起去湖里游泳吧。"我开心地答应了他的邀约。

我们在湖边脱光了衣服，躺着沐浴夕阳。细看之下，他的肤色其实和我一样。我说起自己的烦恼，他给我讲了《丑小鸭》的故事。他和写下那个童话的作者一样出生在叫作欧登塞的地方，而且似乎为此自豪。我的心情一下子明快起来，我们视线相接，我的手放在他的头上。他用鼻尖顶我的胸口。就在我们这样嬉戏的时候，太阳下山了。天黑以后，我们仍然躺在湖边。

我和克里斯蒂安结了婚。他说:"我不想在教堂举行婚礼,宗教是种麻醉剂。"所以我们没办婚礼,只在家开了派对。我很快怀孕,生下一对异卵双胞胎,一男一女。男孩在取名之前死了。我们给女孩取名为托斯卡。

我在抄写的过程中完全融入书中。对了,把这当成我自己的故事吧。前半我还在抄别人写的东西,但不知不觉间,文字成了自然流入我脑中的"神启"。这是一种相当累人的作业。

我们从职业培训所毕业,丈夫成了钟表匠,我当了护士。丈夫后来加入工会,他开始晚归,休息天也不在家,托斯卡由我一个人照看。托斯卡是个活泼的孩子,她只要一出门,就会唱着歌跳起舞来,如果人们聚集过来鼓掌,她会一直跳舞,不想回家。我拿她没辙。有一天,丈夫对我说:"我们逃去苏联吧。"我有种强烈的不安。苏联是我费了那么大的周折才逃离的国家。如果回到苏联,之前的事暴露,我想我会有生命危险。我这么一说,丈夫不吭声了。我以为逃亡的话题就此结束,松了口气。事实上,我爱加拿大就如同爱每天吃的松饼。然而逃亡的话题并未就此结束。不久后,丈夫又提出:"我们逃到东德去吧!我想,你父母的前科在东德不会败露。我们以加拿大的身份逃过去,协助建设理想的国家。我也喜欢加拿大,可是坦白说,西方国家没有未来。我告诉过你吧,我妈妈因为在丹麦参加极左活动丢了工作,带着我逃到加拿大。妈妈来到加拿大后没多久就死了。你知道是为什么吗?她有了新的恋人,被那个人杀死了。这个国家没有未来。我们在这个国家做蓝领,甚至没有能力送托斯卡读大学。在东德,我们能够让托斯卡免费得到最好的教育,不管是滑冰还是芭蕾。"听到他这番话,我也坚定了去东德的决心。

写到这里,我松了口气,倒在床上。我把耳朵埋在枕头里,蜷起背,把尚未降生的托斯卡紧紧地抱在胸前,沉沉地睡着了。女儿托斯卡成了芭蕾舞演员,站在舞台上跳柴可夫斯基的《天鹅湖》,或是她改编的《白熊湖》,后来她生了个可爱的儿子。那是我的第一个外孙。我要给那孩子取名为克努特。

冰原无穷无尽地延伸着。我以为冰原无穷无尽,可当我迈开步子，发现尽是些坐垫般又小又薄的冰片，我一踩上去，就往水里沉。"嗖"的一下，我的肩膀往下都陷进即将冻结的水中，我游了几下。我很会游泳，而且身体冰冰的很舒服，可我不是鱼，不可能一直游下去。我用手攀住陆地，打算上岸。但我以为是陆地的地方也只是一片冰，它支撑不住我的体重，歪斜下沉。下一块冰仍然太小。我失败了好几次，终于找到一大块冰，往上面一坐，不过那块冰也只有书桌大小，而且我的体温让它不断融化变薄，正在下沉。我究竟还剩下多少时间呢？

死亡之吻

我"唰"伸直了背,"噌"挺起胸,用力一收下巴,站定了。我一点儿也不怕耸立在眼前的冰壁。这不是战斗。冰壁其实由温暖的雪色皮毛构成。我仰起头,看见黑珍珠般的眸子和一只又黑又湿润的鼻尖。我飞快地把一块方糖放在舌尖上,将舌头探出嘴唇。北极熊缓缓弯腰,低下头,维持着平衡不让自己向前倒下,在我的头顶俯下身。熊急促的呼吸蒸腾出雪的香味。我用不着把嘴张大,熊灵巧的舌头会轻而易举地夺走那块方糖。嘴和嘴似触非触。

观众们屏住呼吸,甚至忘了鼓掌,一段时间里,他们就那么冻结在原地。观众们的视线一直钉在托斯卡身上,大概根本想不到真正的危险在其他地方。托斯卡身高三米,如果用她的巨手给我一巴掌,我的人生会在一瞬间完结,但其实危险的不是托斯卡,而是站在我身后的维持着协调关系的九头北极熊。其中一头的躁动会变成火花,火引发火,继而围住舞台,也许会有谁被烧伤乃至死去。我让全身化作触角监视着它们。我的每个毛孔都成了眼睛，背上也张开无数的眸子，后脑勺的头发一根根都变成天线，监视着熊群内部的力量关系。我以为自己一刻也不曾松懈，但只有和托斯卡接吻的瞬间，嘴唇夺走了我的注意力，我没法完全顾及大家的动作。我拿鞭子的左手一阵抽搐。

观众们以为，我是靠那根鞭子象征的力量掌控兽群，然而事实上，鞭子就像乐队指挥的指挥棒，交响乐的演奏者们畏惧的并不是指挥用那根细棍子敲他们的脑袋。

我的身形比在场的每一只熊都娇小，我的力气小，动作也迟缓。如果我有什么地方优于它们，那就是我能最快地捕捉到熊群内心的微妙变化。别说是九头熊了，哪怕只有两头熊的力量平衡垮掉，一旦他们开始争执，就不是我的力量能制止的了。因此，每当我感觉到有细小的敌意产生，并往一个方向凝聚，我便立即喊叫着抽响鞭子，引开它们的注意力。

九头北极熊并排站在一座搭建在舞台之上的半圆拱桥上，就好像神话中拥有九个脑袋的蛇，不断来回晃着长长的脖子，从喉咙深处挤出低低的吼声，等着轮到自己的方糖。

我身高一米五八，穿着短裙和长靴，金色鬈发用发卡拢住。大概没人意识到我已年过四十了吧。担任马戏团团长的潘科夫也知道我在舞台上看起来像个少女，他大概就是由此想出了这样的节目。"小女孩随心所欲地驱动十头大熊，这样的场景会让人感动得浑身发冷，而且有种情色氛围，对吧？北极熊的身体比棕熊大多了，加上白，看起来会更加巨大。大家排成一排，就像一座冰山。"我仿佛此刻都能听见上司潘科夫因吸烟过度而沙哑的嗓音。"怎么样，你要不要试试？成与不成你都挑战一下。就算失败了，我也不会马上炒掉你，我会让你去打扫马厩。哈哈哈。"潘科夫知道我在出人头地之前曾经打扫过马厩，他故意这样损我，说不定是想激怒我，让我使出全力。

我之前没多少和北极熊搭档的经验。五十年代后半，我心不甘情不愿地被分配做猛兽的集体表演，其中曾有头北极熊短暂出演，我只记得当时不顺利。我喜欢所有的动物，可我厌恶猛兽的集体表演。人类让老虎、狮子和豹子排成一排，为此得意扬扬，这就像多民族融合的国家让少数民族身着鲜艳服装游行。国家不给少数民族自治权，却通过游行的服装标榜本国的多样性。在自然界，肉食动物们彼此保持着合适的距离，不做没有意义的厮杀。人类硬是让它们聚集在逼仄的场所，制造出仿佛动物图鉴中一页的场景，还为此自豪。人真是愚蠢的动物，而我为自己代表这样的人类站在舞台上感到羞惭。

当时的上司以及更上层的官员向我提出不合理的要求，说是只有老虎豹子狮子太冷清了，加上北极熊吧。现在回想，他们似乎总是处于焦躁的状态，怕自己在弱肉强食的社会被吞噬掉。就是说，他们本身就是某种猛兽群体，自斯大林在一九五三年死后，他们便处在无法看清谁会吃掉谁的状态。那个时期，情况变得明显，马戏团本身也没法以民营的形式存续，人们心怀危机感，仿佛明天就可能有飓风袭来，吹走马戏团的帐篷。

后来，阿埃洛斯、布修、奥林匹亚这三家马戏团合并成为东德国营马戏团。我以为既然变作国营，就不会再流行猛兽群那种蛮干的场面，结果观众们想看危险猛兽的欲望不断高涨，我想让他们观看和平共存的狮子们，无人回应我的这份期待。

我当时并不确定北极熊是不是和狮子一样温和，而且我也有些怀疑潘科夫是想为难我，故意提无理要求。不过我想好了，不管是什么，我都会接下来，好好做给他看。

我丈夫曼弗雷德早就是有名的驯熊师，我自己也曾在多年前为他行云流水般的舞台表演屏息凝神，当时熊们宛如光的粒子流过舞台。不过，我与他坠入爱河不是在他的全盛时期，而是在几年后我偶然见到他排练的时候。曼弗雷德被恭敬的徒弟们围绕着，梳着整齐的发型，虽只是排练，却身穿英国制作的骑马装和长靴，外表保持着老手的镇定，然而当他面对棕熊，脸上现出了恐惧之色。棕熊对曼弗雷德漠不关心，也不听他的命令。排练不顺让曼弗雷德感到焦躁，他抽响鞭子，棕熊发怒了，冲他咆哮。

棕熊才不管有没有人类和自己同在一个空间，只要它决定不和人类扯上关系，就能做到当你不存在。这是一种在逼仄的国度避免争端的智慧，我听说，那些挤在人满为患的火车车厢里的日本上班族也掌握了同样的特技。

不过，即便是这样的棕熊，如果遭到挑衅，也只能做出回答。曼弗雷德并未操控熊的心，而是做出挑衅。这是驯熊师不可以有的失误。大概只有我注意到了这一点。曼弗雷德不再和熊心意相通，当时的他对人类敞开了心扉。排练结束后，我们坐在公园的长凳上聊天，十分投缘，距离一下子拉近了，没过多久，我们就去市政府提交了结婚申请。这是我的第二次婚姻。我告诉曼弗雷德，我有个念小学的女儿，寄放在娘家，他听了没说什么。我还告诉他，我之前的丈夫也做过棕熊的表演，他听了之后神色未曾改变。

曼弗雷德原本计划在下一个演出季让阿拉斯加棕熊上台，借此一炮打响，可是新来的熊不适应环境，摆出别扭的表情，仿佛在说：就算你给我一整碗方糖，我连耳朵也不会动一下。潘科夫来看排练的时候，丈夫多次毫无意义地抽响鞭子，装作在排练。他不再精心打扮，柔软的头发被汗水打湿弄乱了，就那么乱着。他在排练的时候光着脚，穿一身软塌塌的藏青色运动服。

离首演还有时间，所以排练没进展也没关系，问题在于，丈夫意识不到熊开始焦躁，直到熊对他露出牙齿。每当观看丈夫排练的场景，我总觉得像是在看不懂外语的人装作懂的模样编出一番问答，看得我直为他捏把汗。

所以，当潘科夫把我们喊去，声称"那只阿拉斯加棕熊性格有问题，暂时交给动物精神科医生"时，我和丈夫都松了口气。潘科夫换上微妙的语气："会有只北极熊过来替它。"丈夫先是一哆嗦，等听到潘科夫的主意，说要让我而不是他上台和熊打交道，他宽慰地松了口气。

　　丈夫天生不是我这样爱出风头爱上高枝的性格。他心底大概盼着能从驯兽师的职位下来，可是又不能从已经坐上的列车跳下去。即便如此，如果有人告诉他要从慢车换到特急列车，也就是命令他和熊类中身体格外庞大，而且据说面部表情难懂又狰狞的北极熊对决，我想他说不定会想从车窗跳出去。

　　那段时间，丈夫时常在半夜做噩梦喊出声，那喊声就像被狗咬的少年。我在孩提时代曾见识过一次朋友被狗咬的情景，所以认得这种叫声。

　　潘科夫似乎已经在脑海中描绘出相当具体的舞台。他想让我戴发卡穿短裙，打扮成精灵，独自随心所欲地驱动北极熊们。其实为了防止危险，我丈夫也在旁边盯着熊。在观众们看来，丈夫不过是我的助手，其实他才是背地里的掌权者。潘科夫像是怕刺伤我丈夫的自尊，小心地字斟句酌，但我丈夫压根儿没有受伤，其喜悦显然每分钟都在增长。他朗声问："那么会来几头熊？""九头。"听到这个数字，丈夫像是吃了一惊，不作声了。

　　潘科夫突然推行他的新点子，因为那九头北极熊是来自苏联的礼物。我们马戏团还是第一次收到这样的厚礼。不过，大家虽然没吭声，心里都在琢磨，苏联为什么突然想送礼物给东德呢？说不定是因为苏联以第六感意识到，我国不久将会向其提出离婚，回到前夫西德的身边。也可能是因为苏联想与邻国抗衡，后者正向各国赠送可爱的熊猫以拓展睦邻关系。不管是哪种情况，这份礼物立即被强行塞给我们团。

收到蛋糕就要吃，收到画就要挂在墙上，这是收礼的礼仪。九头北极熊不是用来观赏的，是舞蹈演员。据说苏方来信写着，熊们都是以优异的成绩从一所列宁格勒的学院毕业的舞蹈演员，希望你们务必让它们站在舞台上。上级领导给了潘科夫压力：无论如何，下次有客人从克里姆林宫到来的时候，你要准备一台出色的演出，让那群礼物成为舞台上的角儿。克里姆林宫的来客就像地震和打雷，不知什么时候就会出现，因此我们必须尽早排练演出。

听到北极熊这个词，我想到的不是那只我曾经煞费心思让它加入猛兽群的熊，而是我以前在儿童剧场的舞台上看到的女演员熊。记得她叫托斯卡。我当时因为工作关系弄到一张票，其实是为了打发时间去的剧场。我对托斯卡一无所知，进入剧场落座后，邻座的夫妻在聊托斯卡,他们的话传入我的耳中。

托斯卡以优异的成绩从芭蕾学校毕业,却始终没分到角色,她之前期待的《天鹅湖》的试演也落选了,所以如今出演儿童剧。据说她的母亲是一头很有修养的熊,与丈夫从加拿大流亡到东德,还出版过自传,那本自传被称作"逸失的名作",如今已经买不到了。

当我目睹一具纯白巨大的身躯柔软又沉重地出现在舞台上,坐在第一排的我差点呼吸停顿。我原以为自己熟知各种动物,但我以前不知道地球上竟然有这样的生命体:如此轻盈又柔软,同时让人感觉到肉身的重量和温暖。

托斯卡在那部儿童剧中没有台词,但她的嘴默默地一张一合,我的视线离不开那张嘴。托斯卡在说着什么,我却听不到她的声音,这份焦灼让我开始呼吸困难。那场表演的舞台照明就当时而言是相当精致的,光幕不断在空中飘荡,变换成红、黄、绿。也许是想模仿极光。每当光发生变化,托斯卡的毛也接连变成象牙色、大理石色、雾凇色。

演出过程中,我有四次和托斯卡视线相接。

说来让人惊讶,从苏联来的九头北极熊在抵达一周后立即组建了"白熊工会",熊们态度强硬地开出劳动条件,和潘科夫进行谈判,因为潘科夫拒绝了,熊们便开始罢工。

这群白熊会讲流畅的德语,熟知连我都不知道的单词,譬如劳动法用语。原以为白熊工会要求的劳动条件是基于熊的独特构想的荒诞内容,但其实并非如此,熊们要求加班补贴、生理期休假、能吃到新鲜肉类和海草的食堂、提供冰水的浴室、配备冷气,以及开到晚上十点的外借图书馆等,其内容完全可以适用于人类,但我们这些人类却不曾有勇气向潘科夫提出这一类的要求。不仅没勇气,我们甚至忘了自己和马戏团签的合同写了些什么,每天忙着排练。

潘科夫把白熊们的要求事项读了一遍,涨红了脸吼叫起来:"浴室是什么意思?还有什么食堂!在自己房间用水洗澡吃熊食就够了吧!而且我不允许搞什么罢工。我们这里是劳动者的国家,所以不存在罢工。懂不懂?"

潘科夫这个老古板认为熊没有人权,就像古人认为奴隶没有人权,但也许是他一心隐藏的知识分子的弱点流露出少许,他单单答应了建图书馆这一条。然而从大国来到小国的熊们的字典上有"大踏步深入"

这个说法,却没有"小步快走"的说法,如今只实现一条期望,熊们似乎不打算就此结束罢工。

这种胶着状态持续了一个星期,一天,我敲门进了潘科夫的办公室,递上一瓶走私伏特加。潘科夫本来因为心中郁闷变得像一株干巴巴的植物,不出所料,他看到伏特加酒瓶,虚弱地一笑,立即拿出两只杯子倒上伏特加。那两只杯子说是酒杯,更像是刷牙杯。我们干杯之后,我仅仅是抿了一小口,但他猛地干了杯,恢复了那么一点儿虚幻的神采。我在这时和他说起托斯卡的事。潘科夫一听到"北极熊"三个字,酒似乎立即醒了,他又倒上一杯,猛地一口气喝干。我又等了一会儿,试探着提出:"我想把托斯卡弄来,排一场就我们俩的表演。"我还说:"罢工现在就跟西伯利亚的冻土似的。就算克里姆林宫的访客来了,只要托斯卡和我展现精彩的表演,对方的猜疑心说不定会冰雪消融。我想苏联的政治家大概看不出舞台上的熊究竟生在苏联还是加拿大。"

北极熊其实没有国籍。就常识而言,她们在格陵兰岛怀孕,在加拿大产仔,然后在苏联抚养下一代,她们既没有国籍也没有护照,甚至不需要逃亡就不知不觉地越过了国境。

潘科夫就像快要淹死在酒液中时揪住了一根救命稻草，他牢牢抓住我的话，当场喊来秘书，交代了给儿童剧场打电话，他自己软绵绵地往沙发一靠，就势睡了过去。秘书立马打了电话，不时往我这边递一个眼色。据说托斯卡这时正好没戏可演无所事事，那边的领导签了字，她来我们马戏团的事很快定下了。

据我后来听到的八卦，托斯卡并不是没戏可演，她对分给自己的角色挑三拣四，所以和儿童剧场的那班人有了摩擦。东德的某位编剧把海涅的叙事诗《阿塔·特罗尔》硬生生地改成了儿童剧，托斯卡扮演的是剧中的母黑熊蒙玛，她说了这样的话：

我并不讨厌蒙玛这个角色。不管是把身体涂黑扮演黑熊，还是被驯熊师牵着在广场上跳色情的康康舞，我都觉得是光荣的。可我不喜欢故事的主线，和蒙玛一起在街头跳舞的丈夫阿塔·特罗尔追求"自由"，独自咬断驯熊师的锁链逃走了。这就像在暗示没有追求自由的蒙玛是可耻的，让我不舒服。在路上卖艺赚钱有那么可耻吗？同样是赚钱，汉萨同盟[1]的大商人难道可耻？列宁国立芭蕾舞团的首席女演员跳舞时穿得那

---

1 十四世纪至十六世纪北欧诸城市之间的商业、政治联盟。

么暴露,她难道可耻?

还有一点让我很介意。蒙玛是单身妈妈,这在熊当中挺正常,倒也没什么,可是戏里说,她生下孩子之后,因为太疼爱孩子,竟然把最小一个孩子的耳朵给吃掉了,这种事是绝不会有的,所以我希望能改写这部分。而最成问题的在于,蒙玛曾在资本主义国家的首都巴黎的动物园舞台上获得荣誉,人们为此非难她;她和一只生于西伯利亚的白熊恋爱,同样遭到人们的非难,而故事就这样结束了。巴黎哪儿不对了?白熊哪儿不对了?

当时人们普遍认为,女演员对戏剧的内容发表看法,等于是目中无人。被托斯卡这么一抱怨,演出总指挥和导演的自尊心都受到了严重的伤害,他们怒火高涨,泫然欲泣地向剧场的总领导告了状。总领导一听,也生托斯卡的气,但因为法律保护劳动者,没法把托斯卡炒掉。正当一群人懊丧气恨的当口儿,我们马戏团恰好去请托斯卡。事情好像就是这样。

据说定下了来马戏团那会儿,托斯卡曾经鼓掌庆幸,可就在抵达的当天,她发现自己破坏了罢工,有些沮丧。她进了带轮子的气派笼子,经过"白熊工会"那九头熊跟前的时候,一阵奚落声向她扑来:"破坏罢工的叛徒！"

即便如此，在看到我的第一眼，托斯卡仿佛想起和我四目相对的那个时候，她的表情"唰"亮了，接着她想要站起身。但笼子的顶太低，她没能站起来。等我走近，她用含情脉脉的眼睛看着我，不断抽动鼻子。

我像个养了小狗的孩子似的兴奋不已，睡不踏实。第二天早上五点就起床出门，立即把托斯卡带滑轮的笼子推到排练场，然后走到笼子跟前，坐在地板上。托斯卡饶有兴趣地走过来，把前掌搭在格栅上，想摸我。我站起身，久久地没有动弹。我能清晰地感到，托斯卡的心沉静极了，于是我打开笼门，她立即过来嗅我全身的气味，舔我的手。接着，托斯卡轻巧地用双腿站起来，简直就像在炫耀她的身高。她很高，那高度不是棕熊可比的，几乎有我的一倍。我把方糖放在掌心递出去，托斯卡立即恢复四脚着地，用舌头舔走方糖。

"站起来对她来说很容易嘛。是因为遗传了上一代的杂技本领吧。"丈夫感叹道。他不知何时站在门的阴影里看着我们。"你也起得挺早。""据说托斯卡的母亲是马戏团之花，看来父母掌握的杂技会遗传给孩子。"我不快地回了句:"杂技怎么可能遗传。"丈夫一脸茫然,像是搞不懂怎么惹我不高兴了,他接着说:"猿人花了好几万年才像现在的我们一样直立行走,可我们生下来不到一年就能走了。这是因为祖先的练习成果留在我们的遗传因子里。"

这天下午,一座仅由钢筋骨架构成的拱桥送到了。托斯卡见到这个不可思议的道具,立即走上前去,先探出前脚,然后小心地一步步爬上去,停在最高处。接着,她左右晃晃鼻尖,闻了闻包围自己的整个空间的气味。就这么几个动作,看上去已是出色的表演了。丈夫在不远处满意地点头:"真的,这已经是一台戏了。""等剩下九头加入排练,要让它们全体站在那座拱桥上。"潘科夫不知何时站到了丈夫的身旁,一脸得意,"我特意让人把桥做成能承受五千公斤重量的。对了,你们知道那个道具的正式名称吗?叫作'通向明天的桥'。够响亮吧?是我亲自命名的。"

下午,丈夫不知从哪儿拿来一只蓝色的球,据说是海豹玩杂技用过的。我把蓝球给托斯卡看,她马上凑过来闻球的味道,然后用鼻子滚着球让它前进。我给她吃了方糖,她便重复了同样的动作。

如果这能算作节目,训练托斯卡实在太容易了。

我不是在教她，而是把她发自好奇心的行为串联起来，和她约定好随时能重复相应动作的暗号。似乎光是这样就足以创作出具有观赏性的节目。

丈夫和潘科夫彻底放下心来，他俩兴高采烈地说："我们用啤酒干杯吧。"但我并不满意。区区滚球，配不上托斯卡庄严的气场。爬上那座"通向明天的桥"，眺望远方，谁都能做到这种老套的表演。有什么绝活能让观众更加大吃一惊？我发现自己变得相当有野心，不觉苦笑。

那个时候，我开始有抑郁症的征兆，就像我在第一次婚后不久发病时那样。当然，那时候的东德没有抑郁症的说法，所以我把那种状态称作"阴天"。我生下女儿，让孩子吮吸乳房，感慨自己果然是哺乳类。我给孩子换尿布，为马戏团做文员的工作，给第一个丈夫洗内裤，用熨斗熨烫他的舞台服装，就在每天持续这种日子的过程中，阴天朝我扑来。我抛下自己过去积累的动物训练师的职业生涯，成了一名家庭主妇。我原以为空虚就是空无没有重量，其实相反，当我在白日忽然停下劳作的手，我胸中不断膨胀的空虚变得沉重不堪。夜晚，空虚压迫着我的胸口，我整夜翻来覆去难以成眠。我想重新站在舞台上。我想沐浴炫目的灯光，还有震耳欲聋的掌声。而比这些重要的是，我想每天和动物面对面地工作。这样下去，我会被这个世界彻底遗忘。我把女儿寄放到娘家，自己接下不成章法的群兽表演，也是出于那份焦灼。和曼弗雷德再婚后，和从前那时一样的心情开始苏醒。为了在阴天打个洞，露出蓝天的一角，我想创造出能让世人惊掉下巴的舞台表演。

我一手托腮默不作声，丈夫担心地问："怎么了？"我回答："天阴了。"结果他说了句出乎我意料的话："你一直把安娜扔在妈妈那边，这样好吗？你至少要去看看她嘛。""我没时间去看她。你知道公交车很不方便吧？而且，我要和托斯卡一起创造出让全世界惊叹的节目，没工夫顾着孩子。"

如果我在德国统一后说这番话，可能会被人喊作"乌鸦妈妈"，不过在当时，有很多母亲把孩子整天扔在国营保育院，只在周末和孩子见面。也有些女性因为职业性质，几个月都不见孩子一面。人们很少谈及母爱的神话，另一方面，我也没见过圣母玛利亚抱着幼子耶稣的画。多年以后，随着东德的终结，母爱的神话如同海市蜃楼般出现在德国的地平线上，托斯卡没有抚养她的儿子，因此被媒体大肆责难，实在可怜。

有许多人说她的坏话："托斯卡来自东德，所以她没有亲自养育生下的孩子，而是交给别人。"甚至还有新闻大加宣扬，说得跟真的似的："她曾在社会主义马戏团工作，精神压力让她丧失了育儿本能。"这真是个巨大的误会。第一，"精神压力"这个词是西方的"产物"，在东德是没有的；第二，所谓的育儿本能，人类或许有，动物是没有的。动物抚养孩子不是本能，而是艺术。既然是艺术，抚养的可以不是亲生的孩子。

我的野心也许源自对阴天的恐惧。"我不满足于滚球或者过桥。我想和托斯卡创造出前所未有的杂技表演。"我没有隐藏自己的野心，在潘科夫面前夸夸其谈。他举杯喝啤酒的手一顿，忽然换上严肃的表情，说："那你查一下民俗学或者神话学的书，大概能获得灵感。"有许多在马戏团工作的人隐藏了自己的文化素养，因为这样比较不容易被当局盯上，而且这样做出来的舞台会更金灿灿。潘科夫虽然有的时候表现得心术不正又品格低劣，其实人家拥有人类学博士学位。

丈夫和我让潘科夫开了介绍信，请了一天假，去了趟大学图书馆。关于北极学的书只有几本，但一翻这些书，我发现了很多以前不知道的事。我读得入神，都忘了自己为什么来这里。

书中写道，北极熊没有接触过人类，因此不知道人是危险的动物，再加上好奇心极强，所以只要看到小型飞机，它们就会讶异地靠近。猎人从正面枪击因好奇心走近的熊，子弹很容易就打中它们。因此，猎熊既不需要特殊技术，也没什么危险，开始作为一项运动流行。另一方面，如果想赚钱，就得抓住活熊，这需要一定的技术。有时候只因为射击麻醉枪就导致熊死去，也有不少熊在运输过程中染病身亡。苏联从一九五六年禁止捕猎北极熊，然而美国、加拿大和挪威在那之后仍继续捕猎。一九六〇年，至少有三百头熊死于坐飞机前来的、把狩猎当运动项目的人类枪下。

我喷着鼻息表示愤慨，丈夫大概是想博我一笑吧，说道："你打扮成牛仔，装作开枪，托斯卡假装倒地死去，这节目怎么样？""傻兮兮的，然后呢？""托斯卡突然站起来，把你吃掉。主题是暴力的牺牲者复活并打倒恶势力。""不行，观众又不会到马戏团寻求社会主义教育。最好是更有神话色彩的内容。""那就读一下研究因纽特人的著作吧。"

某本书中写道，因纽特人具备关于北极熊的丰富知识，但学者只会对他们的知识全盘否定。据说否定的唯一理由是"无科学依据"。"我们不是学者,所以就算没有依据,我们也可以相信因纽特人所言,对吧?""就这么办。我过去也想过当动物学者,现在我终于找到理由,觉得还好没当。"

据某位因纽特人的陈述,北极熊冬眠的时候会用塞子塞住屁眼。丈夫说:"或者你们表演这个绝活如何?把红酒塞子塞进屁眼,放个屁让它飞出去。"我来了气,对他说:"要不你自己上台展示这种低俗特技?"我无法想象让托斯卡这位优雅女士在舞台上做这种表演。

因纽特人的陈述中好几次提到,曾看到北极熊用脑袋推着冰块前进。它们似乎是用这个方法隐藏行踪,接近猎物。这肯定是真的。托斯卡见到球,也立即用鼻子推球前进。

丈夫提议:"你坐在婴儿车里,托斯卡推着车子前进,怎么样?"这或许还行。"只是,托斯卡当妈妈,我当女儿,这是观众们想要的角色分配吗?我演婴儿合适吗?让托斯卡照顾我?""据说建立罗马帝国的双胞胎兄弟[1]是喝狼的奶长大的,能建立国家的伟人必须

---

[1] 指罗慕路斯,雷慕斯兄弟。——编注

有这一类的经历,譬如做过动物的养子。""既然如此,就做一部音乐剧,从我喝下熊奶,直到我当上女皇帝,怎么样?""挺好。可我们这会儿之所以在图书馆忙着找灵感,就是因为时间不够。我们没时间做音乐剧。"

也有因纽特人说,北极熊会把雪放在伤口上止血。这个举动光是想象都很美,但是很难在舞台上展现。

因纽特人相信北极熊是左撇子。如果真是这样,让托斯卡在舞台上用左手往黑板上写字也会很有意思,不过既然要给俄罗斯客人看,那就得教她西里尔字母,而西里尔字母用左手写太难了。

"不过,汉字比西里尔字母难多了吧。听说中国的熊猫能够写汉字。"丈夫说,"我以前告诉过潘科夫这件事,他恨得直咬牙,说那不过是中国政府做的宣传。我故意反问他,为什么熊猫写字会成为宣传[1],是想说明简体字笔画减少了就连熊也能写吗?""然后潘科夫怎么回答的?""他来劲了,说熊猫不可能写字。他说就算笔画减少,汉字还是汉字,熊猫还是熊猫。可如果熊猫生来就比北极熊聪明呢?演出的首要

---

[1] 此处作者玩文字游戏将"propaganda"(宣传)误读为"pro-panda"(专业熊猫)。——编注

问题是，不能让克里姆林宫的来客发现熊猫写汉字的事。""头脑的聪明程度没法做比较，而且动物的舞台表演并不是为了炫耀智商。如果光是烦恼着北极熊没法变成熊猫，就没法向前进。""你是指每种熊有它自己的优势？不过马戏本来就是为了炫耀智商才存在的嘛。说起来，有一本叫作《三只熊》的绘本，对吧？"丈夫像是突然灵光一闪，"对了，就像那本绘本里的熊，熊如果做人们平时做的事，就会显得可爱和有意思。譬如对着桌子坐在椅子上，把餐巾放在膝盖上，打开果酱瓶，抹上果酱吃面包，用杯子喝热可可。"

闭馆时间到了，我们被颇有官架子的图书管理员冷冷地赶出去，丈夫照样兴高采烈，对我说："我觉得，比起站在舞台上或训练动物，我更适合在图书馆查资料，琢磨你的舞台动作。"我瞥一眼丈夫的侧脸。他的脸不知什么时候凹陷下去，黑着眼圈，头发染了一层霜，眉毛长得格外长。也许他庆幸自己不用和熊正面对决，大大地松了口气，以至于之前被挡住的老迈一下子涌现出来。

第二天早上，我们立即开始家庭场景的排练，托斯卡能够拧开果酱瓶，却没办法用餐刀把果酱涂在面包上。不是因为笨拙，而是她只要一打开果酱瓶，就马上把长舌头伸进去，把果酱舔个一干二净。当然我本来也没指望只要对托斯卡循循善诱，她就能表演任何特技。问题在于我们能力不足，想不出合适的节目。

"真是的。我去抽根烟。"丈夫说着走了出去。对了，他最近的吸烟量一口气增多了，而且常和潘科夫一起喝伏特加。我感到某种寂寥，朝托斯卡看去，她斜睨着我，像个婴儿似的仰面躺倒。见她这副模样，我想起女儿安娜年幼时的情形。我很久没见到安娜了，她怎么样了呢？她在学校交到朋友了吗？

丈夫第二天又去了图书馆，我留在托斯卡身边。虽然表演形式还没确定，但我们可以练习登台和退场。我打开笼子，缓缓走向排练场的一角，注意不把背对着托斯卡。排练场的地板上摆着球、玩具熊和水桶等物件。托斯卡目不斜视地跑到我身旁，把我的全身嗅了一遍，格外仔细地嗅了我的屁股、嘴巴和手。我差点笑出声，忍着静止不动。

丈夫或许打算一整天在图书馆泡在书本里，直到下午他也没回来。我的胃咕咕作响，我想去吃饭，让托斯卡进了笼子。这时潘科夫的秘书推了辆小熊骑的三轮车过来，说："这是俄罗斯一家马戏团的旧道具，有点儿坏了，我想她会不会感兴趣呢。"三轮车做得结实，我也能骑，只是踏板沉重，踩不动。托斯卡从笼子里羡慕地看着我。这车对托斯卡来说太小了。如果我求潘科夫做一辆给托斯卡骑的三轮车，他肯定会立即说起马戏团的赤字。

我屈膝到极限，坐在给小熊骑的三轮车上，想起贫穷时期的往事。我从学校毕业后进了电报局工作，骑着自行车四处送电报。那当然是个贫穷的时代，人们在战后也一直贫穷。而随着东德独立，所有的会计报告都开始闪耀着盈余。我听说，赤字这东西只存在于西方国家。

我曾在骑车送电报的路上尝试练习自行车特技。我加快车速，拐弯时不踩刹车，整个身体倒向一边，脚踝几乎贴地，我回忆起那种被离心力拉扯的快感。我还记得自己拉起车把让前轮悬浮空中，只靠后轮飞驰的感觉。以及让体重压向紧握车把的两只手腕，一抬屁股，双脚便离开踏板，仿佛能借势倒立起来。当时的自己不是如今我心目中的自己。那时的我更轻盈，更鲁莽，完全不畏惧赤字。我从前在心中描绘的舞台艺术是飞跃彩虹，或乘着云朵。

就在我出神的时候，面前的托斯卡的眸子化作黑色的火焰，开始摇曳，周遭变得明亮，近乎炫目，天花板和墙壁的分界线在亮光中逐渐消失。我一点儿也不怕托斯卡,但我害怕它身边的氛围。我有种感觉,自己来了不该来的地方。在这里,各国语言的语法被黑暗围绕,失去色彩,相互交融,冻结了漂在海上。"我们谈谈吧。"我和托斯卡同乘一片冰,浮在海上,我因此能听懂她的每一句话。旁边浮着相似的冰片,那上面,因纽特人正和雪兔交谈。

"我想知道你的一切。"托斯卡说,"你小时候害怕什么?"出乎意料的问题让我感到困惑。人们都知道我是无所畏惧的驯兽师,以前没人问过我害怕什么。可就是这样的我,确实也有过相当害怕的东西。

譬如,夏天的傍晚,我独自在公寓走廊上玩耍,背后传来虫的动静。我一转头,有只虫正在走廊的一角移动,触角窸窸窣窣地动着。六条细得几近消失的腿勉强扛着庞大的甲壳。不知道是不是只有那些腿是昆虫,甲壳是它背负的行李,还是甲壳中也流淌着血。我背的是双肩书包,不是甲壳。虽然是书包,但因为一直不能放下,便成了身体的一部分。就像植物的根探入土壤,不知什么时候,我的血管从背部伸进了书包。如果硬要拿下书包,背上的皮肤大概会破裂流血。"你回来了?"妈妈的声音说,"我马上要出门,你自己吃饭。""你去哪儿?""去看医生。""看牙医?""妇产科。"听到"妇产科",我这次仍然没法卸下书包,我背着包跑了出去。我向着绿色跑啊跑。家附近的景色不断远去,浓绿的气味逐渐将我包围起来。绿色有绿色的气味。红色有红色的气味。红色的气味是一种混合了玫瑰和血的气味。白色当中有雪的气味。可是冬天还远,我跑不到白色那里。我再也跑不动了。我停下来,手撑在膝头,只有嘴巴像泵一样吐纳着气体,这时,有只翅薄如绢的飞虫停在我的发缝上。我痒极了,用手赶它,它先是飞走了,不久又朝同一个位置飞回来。我往头顶上的半空一抓,把拳头放到眼前,战战兢兢地打开。碎裂的翅膀闪着粉末的光。它没有脑袋。当时飞着的只有翅膀吗?还是被我一抓,脑袋掉了?也许我的头发其实不是我身体的一部分,而是细长的昆虫。它们像水蛭一样附着在头皮上,靠吸取脑浆里的血活着。我对自己的头发感到厌恶,开始一根接一根地拔头发。

我盯着自己的左手手背看,发现有颗没见过的痣。我一摸,那颗痣动了。是蚂蚁。我定睛细看,想看清蚂蚁的脸,但眼中映出的唯有放大的漆黑面具,那上面没有眼睛,也没有嘴。我的小腹一阵发胀,感觉尿意频催，于是我站着把腿稍微张开。尿液的出口发烫，却什么也没出来。我死盯着地面，只见地上排列着标点符号。也是蚂蚁。这个念头刚起，一股热流穿过尿道喷溅出来，沿着大腿内侧流淌下去，蚂蚁们一齐获得了活力，它们排成一排，逆着尿的通路往我的大腿内侧爬上来。救命！救命！

我把脸埋在托斯卡的膝上哭泣。活到这把年纪，我总算有了知心好友，可以如实说出自己曾经的恐惧，并为之哭泣。想到这里，我感到自己流的泪水是甜蜜的，我迷恋这种甜甜的泪，于是故意再次大放悲声。"怎么了？"突然有个波长完全不对的声音说道。灯亮了，眼前是丈夫的睡衣图案。刚才似乎是个梦。"你做了噩梦？"我窘迫地擦掉泪，"我小时候怕虫，刚才忽然做了个那样的梦。""虫，是指蚂蚁之类的？""对。"丈夫笑了，睡衣的前襟皱了起来。"你不怕狮子也不怕熊，却怕蚂蚁？""没错。""青虫你也怕？""差不多。不过我最怕蜘蛛。"我这时已经彻底醒了，对丈夫讲了可怕的蜘蛛的故事。

当时，我家附近住着一个叫赫尔斯特的少年，他的气味很好闻。赫尔斯特来约我："我们偷偷去车站后面的果园偷苹果吧。"我觉得他骗我，但还是去了。到那儿一看，果园的树枝就像低矮的屋顶，一只只苹果在孩子也够得到的高度摇摇欲坠。我找到一只特别大特别红的苹果，正要踮起脚摘下它的瞬间，一只蜘蛛"嗖"落到我的眼前。蜘蛛背上浮现的图案像一张脸。那张脸发出撕裂耳膜的叫声。下一个瞬间，我发现那是我自己的叫声。果园的主人听见惨叫声赶来，没有训斥昏过去的少女，而是照看她并把她送回了家。

那之后不久，赫尔斯特说："杂货店后面的仓库好像藏着好吃的，我们去偷吧。"仓库门口拴着一条狗，当我们靠近，它露出牙龈，发出吼叫。狗的想法再明显不过：谁过来我就咬谁！于是我说："它会咬人的，我们回去吧。"赫尔斯特却说："谁会怕这么小的狗？"他若无其事地想从狗旁边走过去。"它会咬你！"我喊道，这时狗已经咬住赫尔斯特的小腿。狗咬着他的腿，同时拼命摇头，像小孩子在说"不"。赫尔斯特在那时发出的惨叫声一辈子刻在我的耳膜上。

几天后，我和赫尔斯特经过杂货店的门口，那儿拴着同一条狗。不过它今天心情很好，眼神仿佛在说"摸摸我的头"，还摇着尾巴，于是我毫不犹豫地走过去摸了它的脑袋。赫尔斯特惊呆了。

我可以清晰地读出动物的心情，就像读字母一样。所以其他人让我感到极为不可思议，他们的眼睛不仅读不了那些字母，甚至看不见它们的存在。这与勇气无关。只要我发现动物讨厌我，就会立即退却。当我感到它们喜欢我，便不怀疑。动物不演戏也不化妆，所以很好懂。我怕虫，是因为我看不到虫的心。

丈夫专注地听了我的讲述，我说完后，他用消沉的声音问我："我现在已经看不透动物的心了，尽管以前一清二楚。你觉得，一旦失去这种能力，是不是还能再找回来？""当然能。你只是暂时的低潮。"我说完便为自己的谎言心存愧疚，赶紧关了灯。

第二天一整天都在排练上台、鞠躬和退场，托斯卡不时看进我的眼睛深处，露出若有所思的神色。昨晚的那一幕果然不是普通的梦，是人和动物共有的第三地带。

"情况怎么样？"十点左右，潘科夫来了，胡子上沾着几星半熟白煮蛋的蛋黄。丈夫快活地答道："果酱那一出没成，我们打算尝试蜂蜜。""噢，那是什么节目？""托斯卡在背上装上翅膀，变身为蜜蜂，搬来花蜜。等有了蜂蜜，它再变回熊的模样，自己把蜂蜜吃掉。"潘科夫的脸色一沉："你们不能排些更简洁明了的节目吗？譬如踩球、跳绳、羽毛球。复杂的剧情肯定会被人猜疑是在批评社会，别搞这个。"

团里没有可以让托斯卡踩的球，我请潘科夫做一个。既然不给做三轮车，球总能做一个吧。羽毛球也因为没有道具打不了，没办法，我只好用捆行李的绳子教她跳绳，幸运的是托斯卡完全蹦不起来。相较体重，托斯卡的腿比较细，跳绳只会弄疼膝盖，所以我从一开始就反对跳绳。我知道苏联有家马戏团让贵宾犬跳绳。"但如果只是追赶苏联人，我国的马戏就不会有未来。"我忍不住说了这番志得意满的话，丈夫当即把食指竖在嘴边提醒道："隔墙有耳。"他这不是成语或比喻，排练场的墙上的确设有秘密警察的监听器。

我们在拖车里起居，办公室和食堂都在里面，只有排练场用了一栋混凝土仓库模样的房子。当然也有不少团员在城里租了公寓，不可能所有人都在马戏团内生活，但我和丈夫都是天生的马戏人，夜里也不愿离开我们团，所以把拖车当作卧室。我也有隐约的不安，如果我和丈夫生活在马戏团以外的地方，说不定我会把他当成外人。将我们联系在一起的是马戏，而且是熊的马戏，而非性生活。

天黑了,这一天也同样毫无进展。我心底期待着天黑。我用红茶把上头搁一片干裂奶酪的坚硬黑面包冲下肚,马上开始刷牙。"啊,你这就要睡了?"丈夫一脸愕然地问,他的左手拿着一副围棋,右手拿着伏特加酒瓶和烟。"都怪那个跳绳的绳子,我今天脑子里绕了一堆绳子,累死了,让我早点睡吧。"我本来就不会喝酒,而且我一直让潘科夫的秘书充当丈夫的围棋对手。

一大片冰原一直延伸到锯齿形的地平线那头。我在冰上铺了块毛皮,坐在上面,托斯卡的下巴搁在我的膝上,闭着眼。托斯卡没有声音。几千年没和别人说过话的冰之女神已经失去了声音。但我能清晰地读出她的想法,就像读出雪天用铅笔浓重地写在洁白绘图纸上的字。"我出生的时候是一片黑暗。很冷,我总是紧紧地贴着妈妈。妈妈一直在睡,她不吃东西,也不出去。好像我在离洞之前不仅眼睛看不见,耳朵也听不见。我后来问妈妈,我是不是早产儿。妈妈说,熊类都是早产儿。你妈妈是个怎样的人呢?"

我彻底代入了熊宝宝的感觉,她突然发问,我吃了一惊,回过神,不得不回忆起自己身为人类的幼年时代。

我自打记事起就和妈妈两个人一起生活。爸爸独自待在柏林,所以我从小就很在意那个叫柏林的城市。我能清晰地回忆起家里的壁纸图案,却想不起爸爸的脸。

我记得自己见过一张像是爸妈婚礼的照片。洁白的手套,忧伤地装点着洋装裙摆的蕾丝,胸前的衣兜里有凋萎的玫瑰。我恍惚记得爸爸最初也在家里。做女儿的我完全不记得他是什么时候和妈妈吵了架,又是什么时候离开的家。

妈妈在德累斯顿的纤维厂工作。有一天,她说她被调到近郊的诺伊施塔特的工厂,想搬到上班方便的郊外。妈妈还说,新房子离工厂也不算近,不过门口路上就有去工厂的公交车,很方便。我虽然是个孩子,却感到她有其他的理由。譬如,从她和最近常来我家的隔壁那家男人的谈话,我听出他们之间有什么发生又完蛋了,所以她才想要搬家。我觉得这是大人的任性,所以反对搬家。我不想搬家的理由还有一条,那就是,要和住在公寓地下的老鼠分开,我感到寂寞。我闹别扭的时候,妈妈哄我:"搬家之后肯定会有好事的。新的地方也会有新的动物。"结果她的话成真了。

离我们的新公寓不到一公里的地方,当时长期驻扎着名叫"萨拉萨尼"的马戏团[1]。

我从梦中醒来,看到的不是托斯卡,而是丈夫的后背。天很快就要亮了。丈夫醒过来,翻了个身说:"你和托斯卡跳探戈怎么样?""你一晚上都在琢磨这个?""怎么可能!我刚睁眼时想到的。""我的舞跳得不好,不过可以试试。"

白天,我和托斯卡没有共通的语言,所以没法和她谈我的梦。不过,我从她的一些态度和眼神中可以看出,托斯卡正在琢磨我们昨晚在梦中聊的事。

我和托斯卡面对面地站着。我握住她的前掌,担心我们身高悬殊过大,看起来会不会有些滑稽。排练用的留声机比我预想的更糟糕,得费很大的劲才能从吱吱作响的杂音中听出《化妆舞会》[2]的旋律,光是这音质就差点让我跌一跤。我笨拙地踏出舞步,立即踩到托斯卡的脚,但她似乎一点儿也不疼,弯腰舔了我的脸颊。是因为我的脸上有果酱的气味吧。音乐彻底

---

[1] 萨拉萨尼马戏团在第二次世界大战前十分有名,剧场毁于炮火,后来搬到阿根廷,成为阿根廷的国家马戏团。

[2] 由乌拉圭作曲家、钢琴家马托斯·罗德里格斯作曲的探戈舞曲。

停了。"真奇怪。应该不会坏得更厉害了。"丈夫说着，响起他摆弄机器的动静。我轻轻地摸了摸托斯卡的肚子。粗硬的厚毛和底下的柔软短毛形成两层。我摸着托斯卡的毛，想起自己从前学探戈舞步的情形。女人哼唱的探戈旋律从记忆中传来。"退，退，双腿交叉，横着走。"那是谁的声音？"在这儿转一整圈，然后退一步。"我开始跟随那个声音踏出舞步。托斯卡最初显得有些诧异，我牵住她的手，她便乖乖地向前踏出一步。我轻轻一推，她立即向后踩一步。"双腿交叉横着走，再走。"那是空中女飞人的声音，据说她的生母来自古巴。当时我们跳着舞摔倒在地，滚烫的嘴唇碰到一起。

潘科夫不知什么时候进了排练场，坐在角落的椅子上看我们跳舞。"你们跳得真糟糕，不过你俩光是面对面地站着就是一幅画。哈哈哈。既然探戈不行，也许可以打扑克或是做别的。"丈夫吹了声口哨："对了，围棋怎么样？""围棋？就是你常玩的那种日本象棋？[1]""对。围棋要用黑白子，正好嘛。让十头白熊像

---

[1] 围棋源自中国，南北朝时传入日本，再传播到欧美各国，中日围棋规则有所不同。

白子一样在棋盘上移动。再借十头海狗,让它们扮演黑子。""如果演那种马戏,白子很快会把黑子吃掉,我们会背上一大堆赤字。而且用围棋不用国际象棋,让自以为国际象棋世界第一的苏联人看了,会以为我们在讽刺他们,所以别这么干。对了,今天有个年轻导演过来,说有要事相谈,你们陪我见一下?听说那人之前和托斯卡一起工作过。也许能给我们什么好点子。"

年轻的导演名叫霍尼西贝格,据说托斯卡参加《天鹅湖》试演落选时,他在地方城市担任芭蕾舞的编舞,进了评委会。他说,其他评委的思想顽固让他愤慨,他热心地宣扬托斯卡的魅力,可托斯卡最终未被录取,这让他至今有些自责。他激动地说:"那些连托斯卡的一半才能都没有的同班同学,例如鹭和狐狸之类,都陆续活跃在舞台上,像托斯卡这样的天才却不被世人承认,在一旁坐冷板凳,真让我看不下去!"

据说在《天鹅湖》的试演中,年纪最大的评委说:"体格健壮的女性没机会演这个。男舞蹈演员身材结实没关系。人们喜欢精灵一样纤细的女演员。"年轻的编舞生了气,不想再和这种老古板一起工作。他劝托斯卡:"在这样的国家继续努力也没有意义。要不要和我一起逃到西德？我们去汉堡的约翰·诺伊迈[1]那里，怎么样？会很棒的！"托斯卡动心了，但是当她和家中年迈的母亲提起这件事，母亲劝阻了她。西德就像天国，可以向往，但最好别去。托斯卡的母亲在苏联出生长大，曾流亡到西德，然后去了加拿大，她在那里结婚并生下托斯卡，后来按她那位生在丹麦的丈夫的愿望，一家人移居东德。她有过这样的经历，似乎已经对流亡感到疲倦。

母亲对托斯卡说，如果你无论如何都要去，我不会硬拦着你，不过我们母女大概不会再见面了，你把我的遗嘱带上。托斯卡因此放弃了逃亡，也没有作为芭蕾女演员绽放在舞台上，她出演儿童剧，摸索着寻找新的道路，就在这时，我们马戏团发出邀请，托斯卡便来到马戏团工作。霍尼西贝格说，他听说了托斯卡的事，下决心成为导演，他认为自己也要和芭蕾这个过时的领域一刀两断，寻找新时代的舞台艺术，于是他追随托斯卡离家出走。"离家之后，我没了住的地方，也没有工作，所以希望你们让我在马戏团待一段

---

[1] 约翰·诺伊迈（1942— ），美国芭蕾舞演员，编舞。从1973年起担任汉堡芭蕾舞团的艺术指导。

时间。我会协助你们跟托斯卡排练节目。"他若无其事地大言不惭。

潘科夫和我丈夫用警惕的眼神瞅着青年身上的窄腿牛仔裤。我想从这个男人口中打听到更多有关托斯卡的情况,用开朗的声音说:"托斯卡以前演过怎样的戏?"男人看看我,意味深长地一笑,没有回答。

第二天,我和丈夫以及离家出走的霍尼西贝格在托斯卡的笼子跟前摆上椅子,开了个小会。丈夫最初对这个男人怀有戒心,但他聊着聊着敞开了心扉,声称:"现代话剧自从有了儿童剧就堕落了。"霍尼西贝格附和道:"只有马戏才是不区分大人儿童的真正的舞台艺术。"丈夫说:"我们为此喝一杯吧!"他俩从中午就开始喝啤酒。"你们喝啤酒也就算了,可有一点,别在托斯卡面前抽烟。托斯卡要是得了肺炎怎么办?""那我们出去聊。喝啤酒不能抽烟,就像吃牛排没有盐。"

我们把会议地点挪到外面晾衣服的空地旁,霍尼西贝格吞吞吐吐地回答了我的问题,他告诉我,托斯卡因为体形和语言的不同,曾经遭受怎样的歧视。

想到托斯卡的苦难,我心口作痛。哎,艺人真可怜,不论有过怎样的经历,人们只以你现在的舞台表现评判你。如果有过绚烂的成绩,老了以后会有人为你写传记,如果没人写,人类艺人还可以存钱自费出版。然而,熊作为女性走过的苦难道路将会随着死亡被人遗忘吧。可怜者,你的名字是熊。我思绪翻涌,丈夫和霍尼西贝格却好像越喝越意气相投。"让托斯卡坐在拖拉机上,怎么样?""让她戴着安全帽,拿着鹤嘴锄。""为劳动妇女干杯!"他们你一言我一语,天黑以后仍在户外的长椅上聊天。我洗了淋浴,像要把两个男人的话语从身上冲刷掉似的,然后在九点上了床。

"我妈写过自传。""真厉害。""她费尽千辛万苦,不断试错,跌倒了又爬起来,不放弃,一直不停地写。"托斯卡的声音永远澄澈如冰,"可我却什么也写不了。""为什么?""因为我是那部传记中的人物。""那我帮你写。我会写出只属于你的故事,把你从你母亲的自传中释放出来。"

我在梦里答应了托斯卡一件非同小可的事,四点就醒了。我之前最多只写过信,怎么写得出托斯卡的传记呢?丈夫在我身旁睡得鼾声大作。我悄悄离开被窝,在空无一人的食堂,单手支腮坐在桌前,怔怔发呆,这时我忽然看见有一截铅笔头掉在地上。我觉得这是命运在督促我写托斯卡的传记,于是毅然下定决心,开始找纸。可是怎么也找不到纸。当时纸张匮乏,就连厕纸有时也会脱销，找遍全城都买不到。我把架子背后都搜遍了，终于找到去年的扫除值日表，幸好，反面是空白的。

虽然是这样的纸，毕竟聊胜于无。不过，据说就连那只靠写自传出名的公猫都不缺纸，真让人惭愧。人是需要纸的。就算不能像北极熊一样面对一直延伸到地平线的巨大白纸，我希望每天至少能领到一张便笺。我把扫除值日表的褶皱展平，用刚捡到的铅笔头写了起来。

我出生的时候四下漆黑，听不见任何声响。我往身旁一团暖暖的东西挤过去，找到突起的乳头，吮吸甜美的汁液，然后入睡。我把这团暖暖的东西叫作熊妈妈。

可怕的是，巨人不时到来，和熊妈妈吵了起来。熊妈妈吼叫着，想把巨人赶出去，她吼着吼着就累了，声音变得低微，巨人闯进洞里，冲她咆哮。熊妈妈发出嘶哑的叫声，巨人受到那叫声的刺激，吼声更加巨大。"怎么了，你起这么早。"听见丈夫的声音，我猛然回过神来，慌忙用左手挡住写下的文字。"你写了什么？""没什么。""哎，我口渴。茶怎么还没好！"

当值的实习生终于煮好了红茶，装在一只大热水瓶里拿过来。我想拧开盖子，瓶子内部变凉的空气从内侧拽住盖子，使劲不让我打开。我用左手死死地扶住热水瓶，把整个上半身挡在瓶口上方，铆足了劲，就像把自己的胸部当成巨大的螺丝刀拧那个瓶口。我忽然意识到，自己的右手过于用力，成了鹰爪的模样。"你没事吧？我来开。对了，让托斯卡拧开热水瓶，这个绝活怎么样？""好主意。我马上去问问办公室，能不能买个舞台用的新热水瓶。""我也去。霍尼西贝格是不是还在睡呢？"

我们去了充当管理办公室的拖车，询问："我们想排一个让熊开热水瓶的节目，能买个新热水瓶吗？"负责管账的男人拼命摆手说："不行。这些年我国的热水瓶生产滞后，如今坏了也买不到新的。用在表演上太奢侈了。"这时，潘科夫正好拿了一沓文件进来，听了情况后，他只说了一句："你们连什么节目都还没定？真是让人无语的长跑选手啊。"说完便匆匆离去。

潘科夫的声音让我感觉到罕见的暖意，但丈夫好像把他的话当成了批评，从拖车出来，丈夫立即往搁在那儿的木箱上无力地一坐，抱着脑袋。他如今不光读不出熊的心，连人心也看不懂了？还是说，是我比较迟钝?

丈夫坐那儿不想起来。为了给他鼓劲,我提起往事:"我对你讲过吧?我首次登台表演的是驴子的特技。让托斯卡试试看做同样的事,怎么样?"

这时,一身睡衣的霍尼西贝格出现了,就像在等待这一刻似的。"驴子的特技?不错啊,请说说。"他在丈夫身旁坐下。丈夫突然恢复了活力,搂住他的肩,说:"你竟然睡到现在。我还以为你走了呢。"

我在二十六岁那年轻松地实现了和驴子的首演,契机是马戏团的海报遭到审查。我当时工作的马戏团有个名叫"扬"的小丑。有传闻说,团长把一切关于文字和数字的决定都交给这个年轻男人。那是个满月的夜晚。我当时除了负责打扫和照顾动物,还要照看孩子。我在马戏团的场地兜了一圈,找一个患梦游症的孩子,却见办公室的拖车亮着手电光。我心想,为什么不开灯?难道那孩子在里面?刚走近拖车,便听见团长和小丑扬的说话声。扬的口吻有着平时不同的干脆利落,他正在起劲地向团长解释什么,团长不时附和或提问。从扬对团长讲话的口吻听上去他俩平起平坐,我吃了一惊,挪不动步。

"团长,这事交给你了。如果上头问起,你就强调,海报的正中央印了这么一行字:马戏是植根于民众生活的艺术。这是卢那察尔斯基[1]的话。""这么硬邦邦的口号,会有客人来吗?""这行字虽然用大号字体印在海报正中央,其实并不显眼。因为字和背景基本是一个颜色。看到海报的人,视线首先会被吸引到上面那行'布修马戏团'。说是字,更像是标志,人们是看到它而不是读它,诉诸感觉。就像'可口可乐'的商标。海报的设计引导人们接着看向画在底下的小小的金色狮子和穿泳衣的妖艳女人。我国的广告心理学不发达,所以上头无法看穿这中间的策略。看到这张海报的人会受到感官的刺激,无论如何都想来看马戏,而且不会有人说我们靠颓废的艺术赚钱。""可是,这个女的看起来有点儿像跳艳舞的吧?""如果有人说这身衣服作风颓废,你就告诉他们,这是在奥林匹克游泳比赛中得到正式认可的泳装。你解释说,和猛兽打交道是一项运动,如果不能让手脚发挥最大程度的自由,劳动者的身体会有危险。""劳动者指谁?""当然

---

[1] 卢那察尔斯基(1875—1933),苏联文学理论家、教育家和政治活动家。

是指马戏团的成员。"平时耀武扬威的团长像小学生似的听着扬的话。我后来才知道个中缘故。

不久后的一天,一群男人来到我们团。他们眼神不善,不断用手帕擦着脑门上的汗。我觉得反正与我无关,自顾自地照料马匹,这时团长带着那群人笔直地朝我走来。"你,来一下。"团长喊我的声音比平时低了那么一点儿,其中含着自信,仿佛一把揪住了兔子的后颈把它拎了起来。男人们围成一个半圆,肆无忌惮地从我的胸脯一路看到大腿,团长煞有介事地说:"就是这位女同志。她这会儿恰好在照料马,所以穿了这身衣服,就像诸位看到的,她是个美女,运动神经也出类拔萃。接下来就让她换上服装,诸位请享用一下那个,稍等片刻。"扬重复了一遍:"请享用一下那个。"他用小丑的灵巧手势做了个一口气喝干杯中物的动作,一群人哄然大笑。扬的眼睛没有笑。

我到了晚上才终于听说,因为海报设计的问题,团长被上头狠狠训了一顿。"驯兽师是个瘦瘦的白发男人,为什么要在海报上画一个不存在的颓废的女性形象?"团长说不出话。扬出来救场:"其实,有一位才华横溢的年轻女同志刚来到我们团,我们打算让她在不久的将来作为明星驯兽师登台。为了和动物打成一片,她现在主要负责照顾动物。顺利的话,她会在下次公演登台,所以我们把她放在海报里。但因为是有难度的特技,还不知道排练过程中会有什么变故,我们不能确定她能够出场。"他的谎话说得漂亮,简直不像是临时编造的。男人们提出:"既然如此,我们想见一下那位女同志。"于是扬镇定地带他们去找在马房工作的我。

我被扬拉进服装拖车,他帮我脱掉衣服,换上团长从前的恋人穿过的粉色演出服,头发被梳到头顶弄成洋葱的模样,又被施以凤蝶般的睫毛和红鲑鱼般的口红,我就这样作为未来的明星来到席间。上头的官员们灌了一堆伏特加,正有些醉意。我博得了他们的喝彩。

他们走了,我正要脱衣服,其他团员聚拢过来,说:"用不着这么急着脱嘛。我好激动,感觉就像来了个新人似的。""我之前就觉得,你要是成为团员多好。""吓我一跳。""和丑小鸭一样,你其实是只白天鹅。""你说这种话对她太失礼了。人家原本又不丑。""可她不起眼。"人们你一言我一语,不知是在夸我,还是出于妒忌在讽刺我,他们一边说,一边点头或叹息。

扬对团长说:"真实有时会从谎言中诞生。怎么样?弄个五分钟左右的短节目好了。让她演一下。"当着大家的面,他对团长用了恭敬的言辞。"您觉得呢?"这次是团长小心地问驯兽大师。对这位大师,就连团长也要敬他三分。大师照例板着脸:"既然是头一遭,就用驴子好了。"他回答的口吻仿佛是祖父在决定孙子的前程。众人都是一惊,交替地看向大师和我的脸。大师之前从不允许其他团员在舞台上使用动物,他现在主动给出这样的提议,大家的惊诧也可以理解。

全靠扬,海报顺利通过审查,送交印刷厂。接下来的一周有便衣警察来看排练,我慌忙紧跟在大师身旁,装成在排练,可他们连看都不看我,把扬带走了。

我每晚难以入睡。我在闷热的拖车里躺不下去,起身出去,听见某处传来啜泣声。我循声找去,发现有个红发女人在哭,人们说她是扬的恋人。我问:"扬还没回来,是吧?""你就明说好了,他被捕。反正我是知道的。我知道是谁出卖了他。"女人厌恶地皱起鼻子。我问:"是团长?"她立即答道:"你说什么呀!他怎么会把自己的儿子送进监狱。""啊?扬是团长的儿子?""对。你不知道?"

丈夫说:"那么驴子的特技究竟是什么?你的回忆

挺有意思，可是真够长的。""你别这么着急。我在练习写书，所以得按顺序把细节都讲到。""你在写书？写自传还是什么？""不是自传，是别人的传记。不过，为了写它，我要用自己的人生演练。我会从我开始排练驴子表演那段讲起，你好好听着。"

"好了，练起来！练起来！离首演登台的时间不多了。你要和驴子一起填补扬不上场的空白。"驯兽大师响亮的嗓音在我的记忆中再度响起。我们开始训练驴子演杂技。不过，实际教我的并不是大师，而是和驴子一起出现的威塞尔教授。"教授"的头衔不是调侃，据说他曾在莱比锡大学教授动物行为学。退休后，他凭借驴子杂技在某个马戏团博得了人气，但他的膝盖从若干年前开始作痛，后来在演出当中也要用手揉上好几次，他还要坐在椅子上歇息。尽管这样，他又是哄又是骗、好不容易才让它继续工作的那双膝盖，终于在某一天"嘎吱"一声响，彻底不行了。其后，他靠退休金在一所带院子的破落小屋和驴子一起过着和睦的生活，我们团长一邀请，他便兴冲冲地大老远来到这里，教我跟驴子演杂技。

"你要爱食草动物。如果你脚踩两只船，喜欢食肉动物，你的命运就会偏离轨道。你看，它可爱吧？

这只驴子的胆子并不小,但它从不冲动,所以适合表演杂技。"教授带来的驴子名叫普拉特罗[1]。

教授告诉我,人是视力发达的动物,首先会打量对方的体格、服装和脸。而对驴子来说最重要的是味觉,所以只要喂它胡萝卜,让你自己在它那里留下"有胡萝卜味道"的印象就行了。我把胡萝卜放到普拉特罗的嘴边,伴随着"喀拉喀拉"的咀嚼声,它有滋有味地吃了胡萝卜。吃完后,它掀起嘴唇,露出巨大的牙,看上去就像在笑。那笑法半阴不阳,让人搞不清它究竟是高兴还是在嘲笑谁。"它的表情有趣吧。它笑,是为了弄掉沾在牙齿上的东西。所以要给驴子容易卡牙缝里的食物,等它吃完,在它笑之前对它说话。譬如——"说着,教授给了普拉特罗一根涂了东西的胡萝卜,问它:"你不会是在笑人类吧?"普拉特罗一咧嘴,恰好在回答问题的时间点。"编排节目,就是把这样的小动作加以组合。""这都是骗人的把戏。""用糖和鞭子驱使人的是政府。我们驱使动物用的是头脑。"教授说着,像普拉特罗一样掀起上唇笑了。

---

[1] 西班牙语"platero"的音译,意为"银灰色"。西班牙诗人胡安·拉蒙·希梅内斯的散文诗集《小毛驴与我》中的小毛驴也叫这个名字。

"杂技未必要硬来。就该用最轻松自然的做法，让观众觉得好像看到了魔法。"这时，普拉特罗像是点了点头，但其实是光线造成的错觉。普拉特罗在长睫毛深处闪光的眼睛沉稳极了，甚至有些可怕。

食草动物绝不会动怒吧。也不会和伙伴争斗吧。如果人类成为素食者，大概也会发生性格上的变化。

首演迫在眉睫，因此我省去了中间休息，一直向前看，不间断地继续排练，连喘口气的工夫也没有。普拉特罗本身已掌握基本的特技，其实也许应该说，我们练习的是由我代替教授，虽然就这么点事，却不容易。

写有数字的巨大卡片排成一排。我问："二乘以二等于几？"普拉特罗走到写有"四"的卡片那儿。其实就是个简单的骗人把戏：那张卡片上涂有胡萝卜浓缩液，其他卡片上没涂，仅此而已。但即便卡片上涂了胡萝卜浓缩液，要让驴子肯定往那儿走，就需要排练。"有时候，就算知道卡片有胡萝卜味，就算知道你会奖赏它，它还是会去别的方向。人也一样，对吧？总的来说，练完之后，还是有那么一点失败的可能性。如果杂技表演是注定了十次里有一次要搞砸的，你知不知道该怎么做才能确保在舞台上绝不搞砸？"我摇头。

教授说:"你只要进入某种精神状态,就绝不会失败。"进入那种状态的人放松得如同在春天的湖畔午睡,不为任何事担忧,头脑中一片澄澈,全身经过磨砺,化作触角。因为整个人的出口全部敞开,到了必要的瞬间,就算自己不用力,自然会有无穷的力量流淌出来。"如果你让自己上台的时候处于那种状态,就绝不会失败。"

后来每当我问"二乘以二等于几",驴子肯定会去"四"的位置。团长来看排练的情况,我来了劲,摸着驴子的耳朵问:"二乘以二等于几?"然而驴子站在原地,丝毫不想挪动。教授面无表情地坐在放置在角落里的木椅上,没有帮我。我慌了,重新问了一遍,抚摸驴子的耳朵,它却顽固地不动弹。团长叹了口气,默默地走了。我想哭。过了一会儿,教授若无其事地说:"你刚才摸了它的耳朵吧?普拉特罗想让你继续摸它,所以没从你身旁走开。它选择了你,而不是胡萝卜。""你为什么不马上告诉我?""我有义务这么做吗?我来这里仅仅是为了开心。看年轻人忙活可真开心。""你真过分。""不能在舞台上毫无意义地抚摸动物。在马戏当中,无论多细小的动作都会被当成记号。在舞台上不能打喷嚏,也不能摸鼻子。"

我没时间沮丧，也没时间高兴。接下来排练的是让驴子回答观众提出的计算问题，走到正确的卡片跟前。我站在驴子的面前，它便静止，我站在它的左斜后方，它便往左走，我站在它的右斜后方，它便往右走。只要正确利用它的这一特性，应该就能把驴子带到想让它去的位置。

如果摸它的耳朵，它会水平摇头，摸胸口，它会点头，我还利用它的这个习性，让它练习回答可以用"是"和"否"回答的问题。我每天从早练到晚，久违地在马戏团的空地散个步，觉得见到的人的脸全都成了驴脸。每当有人挠耳朵背后，我就忍不住往那边看，还想帮那人一起挠，接着又自我反省：不可以老是摸驴子。

每天的排练结束，教授便带着普拉特罗回家，只有一次，他在排练后对我说："我们聊几句。"他说："普拉特罗和我都上了年纪，可能不久于人世。"就谈论死亡而言，他的声音实在开朗，"如果我和普拉特罗都死了，来了新驴子，你怎么办？我教你一个秘方吧，让你在那种情况下也能一个人从头开始训练。我以前没教过任何人。这毫无疑问是一笔遗产。你父母不是马戏团的人，对你相当不利。你懂吧？"我倔强地没有点头。"那就算了,既然你有这份心气儿,不肯承认自己的弱点,也就不会半途挫折。"

我靠驴子的杂技表演出道,是在我迎来二十六岁生日后不久。我用普通的动物做了普通的表演,获得了轰动的反响。

"原来是算术游戏。我们试一试?说不定托斯卡出人意料地有数学才能。"曼弗雷德说道,立即开始制作写有数字的卡片。因为没有纸,说是卡片,其实是他不知什么时候从附近的废墟偷来的三合板。他做了从"1"到"7"的卡片,在其中一张的背面涂上蜂蜜,排成一排,托斯卡立即一路闻到那张卡片的位置,舔了卡片。"她用鼻子顶卡片,怎么看都像在闻味道。观众如果看不出是骗人的把戏才怪呢。还有,熊会算算术没什么说服力。为什么让驴子做算术就挺像那么回事呢?""那是因为有个驴子认字的故事吧。喏,在蒂尔·艾伦施皮格尔[1]的故事中出现的驴子。那是用驴子叫声弄的骗人把戏。""说到驴子,人们用它比喻傻瓜,所以驴子认字或做算术才显得有意思,是吧?也许应该在舞台上呈现完全相反的形象。""北极熊代表什么

---

[1] 德国民间故事中的人物,喜欢恶作剧。

呢?""冰。""冰的反面是?""火。"

钻火圈是猛兽秀的固定节目,我和丈夫都知道总有一天无法避免这个节目,可我们就是提不起劲。如果把《雪姑娘》的故事做成音乐剧,让托斯卡演主角,倒也罢了,光是让她穿过火焰太平凡了,而且对我们来说,光是对付马戏团财政这么一辆烈火之车就足够了。可是听说潘科夫已经下令让秘书从仓库拿出火圈,他甚至没问我们一声。第二天,排练场的角落摆着一整套道具。我装作没看到那东西,练习和托斯卡并排走,或是面对面手拉手。

我在天黑之后往床上一躺,当睡眠降临,我就能前往每天都在不断进化的冰之世界。那儿没有赤字,没有盈余,也没有产业,没有医院,也没有学校,有的只是生物与生物每天交谈的话语。我说:"我开始写你的传记了。"托斯卡似乎一惊,打了个喷嚏。"你冷吗?""开什么玩笑。好像有花粉飞到这片本不该有花粉的北极,所以我只好打喷嚏。不开花的世界充斥着花粉,感觉不吉利。""我写了你出生时的事。你睁眼之前的事。不过,在那儿的除了你们母女,还有第三个身影。""我爸以前好像和我们一起住在家里。不过我妈不乐意他待着,每当爸爸靠得太近,她就会发出可怕的吼声,把他赶走。""熊都这样吧?""可是,自然也会随着时代发生变化。"

熊妈妈的声音很可怕。我知道她不会伤害我,但我还是怕。人有时候也会用可怕的声音吼叫。发出的一连串的单词其实是吼声,听的一方也听见吼声而不是语言,于是吼回去。当夫妻之间变成吼来吼去的关系,就不再有对话,双方形成一种模式,每当其中一方吼起来,另一方就吼回去。我忽然记起来了。我想起了爸爸去柏林的那个时候。当妈妈就要吼出来的时候,我以幼儿的直觉捕捉到她的声音中尚未变成吼声的微妙尖锐,随即哇哇大哭,把她的注意力引到我身上。妈妈忙着哄我,忘了爸爸的存在。但接着,爸爸又用刺激神经的声音说了什么,妈妈狠狠瞪他,扯着嗓子说了什么。爸爸一听就吼了起来,那架势仿佛要掀翻餐桌。

但我并不确信这段记忆是否正确。我自打记事起就和妈妈两个人生活,妈妈没对我提起过爸爸。妈妈一早就出门工作,在我下午放学回来之前已经到家。她是个大美人,可她早上横眉竖目,下午则两腮下垂。我想多看看她的脸,然而妈妈立即转身背对着我开始做家务,不给我个正脸。她的背上印着鲜艳的图案，像一只毒蜘蛛，那个图案随着妈妈的手的动作在光滑冰凉的化纤表面摇晃。我写的全是我自己。我问托斯卡："你爸爸有什么自豪的事？""我爸和克尔恺郭尔[1]是同胞，他为此感到自豪。妈妈笑着说，小国家的人没什么同胞可真好，如果我要为我国的所有伟人而自豪，那我连吃饭的时间都没了。""你妈妈这是在损他。""我猜妈妈是因为太聪明了，觉得无聊。所以她才会逃亡，才会写自传。和妈妈比起来，我甚至没有能力写自传，总是依靠人类。""依靠也是一种能力嘛。我会帮你写，交给我就行了。"

我的脑袋里仿佛笼罩着一层雾，不知该往哪里去。"你怎么了？"那不是托斯卡的声音。也不是妈妈的声音。"难道你喜欢上别人了？"我总算睁开眼睛。眼前是丈夫一脸戏谑的表情，但我回答不出，他的神态变得不安。"你的外遇对象到底是谁？你明明忙得没时间和人见面。莫非是我们团里的？""别说怪话了，快去排练吧。""我这不是正和你讨论新的创意嘛，可你心不在焉，完全没在听。""我想起小时候的事了。""又想起小时候？我们还是去那边散个步吧。""好吧，走

---

[1] 克尔恺郭尔（1813—1855），丹麦哲学家，存在主义之父。

一走也许能让思路清楚。"

我们往正门走去,路上遇见了潘科夫。也许因为我俩看起来实在太疲倦,潘科夫用一反常态的温和嗓音说:"托斯卡是个在舞台上很出彩的女演员,你们肯定能拿出好节目。"丈夫等他走了,苦着脸说:"潘科夫为什么要那样讽刺人?我还是去趟图书馆。待在马戏团里想不出任何点子,就像被封闭起来了。我渐渐觉得,自己一直生活在马戏团里面,真有些不可思议。"

丈夫走后,我独自去了托斯卡的笼子跟前,盘腿坐下。我不理解他所说的被封闭在马戏团的感觉。马戏团里应有尽有。只要待在马戏团,所有的事都会苏醒过来,孩提时代,死去的人们,还有朋友。

我像坐禅似的一动不动,托斯卡大概无聊了,骨碌一下仰面躺倒,开始玩自己的脚指甲。我感觉脖子上有阵热热的呼吸,一回头,霍尼西贝格站在那儿。"你一个人?""你一看就知道了嘛,两个。加上你就是三个。""曼弗雷德是不是又逃到哪儿去了。你总是一个人,不寂寞吗?""你别凑这么近。鞋子全是泥,你去哪儿了?""我去了一个不可以去的地方。"霍尼西贝格说罢嘻嘻一笑。

我记得，马戏团的场地周围满是泥泞，有一次我回到家一看，鞋子上紧紧地贴着块地图状的泥巴。我觉得那块泥的形状又像被踩扁的蛾子，害怕起来，想用车前草的叶子把它擦掉，却擦不掉。泥巴有种独特的黏性，臭臭的，说不定里面混杂了肉食动物的大便。绘本中的马戏团总是有大象和狮子，想到从我家走走就能到的地方有大象和狮子，仅此一点就让我这颗孩子的心雀跃起来，于是我舍不得弄掉鞋子上的泥，把鞋子藏在阳台的角落里。妈妈每天早上必须乘五点的公交车，她四点要起床，晚上九点之前就睡了。晚上，确认过妈妈的呼吸已经悠长而有规律，我悄悄来到阳台，查看藏在水桶背后的鞋，上面的泥巴让整个鞋皮变成了硬邦邦的黄色化石。倒也不是不能穿，可我刚走了几步，脚踝就疼得像被锉刀磨着似的，双腿走成了罗圈儿腿。现在的我看起来也许就像我只在图鉴上看到过的鬣蜥。我讨厌冷血的爬虫类和昆虫。没办法，我脱掉鞋子，顺便把内裤也脱了。接着我发现自己的大腿和肚子长满了白毛。月亮从煤一样的云块背后出现，将我赤裸的下半身照亮。

我似乎不知不觉打了个盹，醒来一看，托斯卡用右臂当枕头，蜷成一团睡着，我也以同样的姿势躺在笼子跟前，仿佛我是她的镜像。我发现自己的短裙裙摆凌乱，显得淫荡，大腿袒露在外。我理好裙子，用手指梳理头发，就在这时，从图书馆回来的丈夫迈着轻快的脚步走了过来。"你睡着了？""好像是。""刚才有谁在这儿？""什么？"我的裙摆上有个大脚印。似乎曾有人穿着踩了泥的鞋子站在上面。

接下来的一周不断有真正的大新闻。先是霍尼西贝格提出要加入白熊工会。工会有规定，严禁因人种歧视拒绝他人入会，所以只能批准来者不善的人类入会。

刚加入工会的第二天，霍尼西贝格便采取了超越其他工会成员理解的行动。他建议把马戏团做成股份有限公司。当然，这是个仅限于马戏团内部的秘密，对公的会计要经过国家审核，所以用别的法子蒙混过去，在团内则运营市场经济。一旦有了股票投资，就能购买现在的预算买不了的道具。只要买了道具，做出像样的舞台表演，就会有更多的观众，更多的利润。尤其下一次公演肯定将是前所未有的，如果政府官员们把一下子涌入的利润全拿走，那真让人难以忍受。反正他们肯定会每天去高级餐厅吃鱼子酱，整个人泡在伏特加里，把我们辛苦赚来的钱像洗澡水一样用掉。

既然如此，不如在洗澡水流掉之前将其冻结，投给下一次的演出。当然利润不仅用于投资，那些买了股票的个人也将拿到分红，可以用来买半导体收音机和蜂蜜。白熊们听到这番话很高兴，潘科夫也不知为什么立即批准了这个危险的提案，白熊们立即囤购了一批股票。

"那小子究竟在想什么？"丈夫只要和我单独在一起，总想把话题扯到霍尼西贝格身上。我不加回应，他就更来劲了，絮絮叨叨地追问："你怎么想？"我很快就像一只被赶到厨房角落的老鼠，反问："你为什么对一个小年轻那么在意？是因为你自己没精力了？"听到这话，丈夫布满血丝的眼睛一闪，像在说：果然！他张口说："原来是这么回事。你怎么知道小年轻有精力？我知道你和那小子睡了。""你说我和他睡了？什么时候的事？你自己一天到晚在我旁边。""我感觉你有那个时间，就像哪儿开了个洞。你在洞里偷偷摸摸地见人。"也许丈夫这时已开始崩溃。

坦白说，我自己确实有种如同恋爱的心情，但唯一可以确定的是，我的恋爱对象不是霍尼西贝格。我并不是在隐瞒这件事，我的确也不清楚自己爱的是谁。孩提时代，当我开始偷偷地去驻扎在附近的马戏团，我也同样没有意识到自己爱马戏团。我一直把这事瞒着妈妈，是因为我怕她训斥说，去那儿会弄脏鞋子，不准去了。我在学校交不到朋友，老师说我在理科方面有天分，这些我都没对妈妈讲。"你为什么要把所有的事瞒着？""不清楚。也许是孩子的本能。不过等我长大了，我肯定会找到一个人，想把一切都讲给他听。"

没过多久，妈妈不知怎的知道了我去马戏团的事，我以为她会为弄脏鞋子的事骂我一顿，但她骂的是别的事："马戏团要买票从正门进，你不能去后台。"

我开始惦记之前没听过的"后台"是个什么地方。妈妈说不能去，所以肯定是个很棒的地方。

我想当天一放学就去马戏团，可如果去了会弄脏鞋子，那就露馅了。我绞尽脑汁的结果是脱掉鞋子藏在草丛里，赤脚走向马戏团的场地。赤脚走在泥泞里，仿佛会有个住在地下的妖怪用巨大的舌头舔我的脚底，我感到既不安又兴奋。我闻见动物的气味。我让鼻子带路，走进无数辆白色拖车造成的迷宫，一张马脸倏然出现在眼前。马看着我，眼睛一眨也不眨。它的眸子被长长的睫毛衬得温柔。一股让人窒息的甜甜的气息从地面腾起，我的心口为之一紧，心跳加快。这说不定是一种性兴奋。这时，马耳簌簌抖动，传来脚步声。

有人从身后轻轻一按我的背，我转头一看，眼前站着涂了张白脸的小丑。小丑的妆似乎化了有一段时间，眼睛周围的白粉绽裂，凸显了眼角的皱纹，星形的泪滴显得有点儿脏。因为不知道小丑是男是女，我脑子里连一句问好也蹦不出来，我像道歉似的轻轻一点头，快步离开那个地方。我这辈子碰见过许多个小丑，那人是我的第一个小丑。

第二天，我又偷偷溜进马戏团，走到马的身旁，马的鼻孔之大让我感动，我正看得出神，小丑猫着腰走过来，食指竖在唇边。小丑今天的模样和昨天不同，只在眼睛周围化了妆，嘴唇薄薄的，剃过胡子的地方泛着青色的光。看来他今天有意留心不吓到我，所以我也按捺住全身僵硬的恐惧，一动不动地站在原地等着，他来到我旁边，问我："你喜欢马？"我点点头，他招了招手，把我带进旁边一辆拖车。

干草甜甜的气味挠着鼻孔，充满了我的肺。"像这样切了喂马。"小丑说着抱起一摞干草，"咚"地放在巨大的砧板上，用生锈的菜刀有节奏地"嚓嚓"切碎，扔进桶里，拿到马那儿。"怎么样？你想不想喂马？你明天要是在同样的时间来，我就让你喂马。"

从此以后，我每天一放学就干劲十足地去马戏团，在那儿负责喂马。我后来又接了其他的活儿，除了喂马，还给马梳毛，收集马粪运到堆肥处。

我用孩子的细胳膊勤勤恳恳地照料马的同时，小丑在练习特技，他有时在椅背上单手倒立，有时踩球。也许我不过是被他诓骗了干活，就算是也没关系。我有我自己的一套经济理论，只要摸到马，所有的赤字都变成了纯利。

后来，其他团员也开始和我打招呼，所以我觉得，我虽然是个编外生，却仿佛已成了正式团员，在马戏团待着比在学校的感觉更好。"对了，你叫什么名字？"很久以后小丑才开口问我名字，之前他一直喊我"那个谁"。我不知道是不是对小丑而言名字根本无所谓，或是他觉得一旦知道了名字就会产生责任，所以一直回避。我说我叫"厄休拉"，他告诉我："好名字。厄休拉这个名字源自拉丁语，意思是'小母熊'。"

我回家把名字的含义告诉妈妈，妈妈皱眉道："你又信这种鬼话！你觉得我会给你取一个表示动物的名字？这到底是谁和你说的？"[1]在她的追问下，我说了

---

[1] 原文"Ursula"一词的词源确实是"小熊"或"母熊"。

自己开始常去马戏团的事。妈妈像是早有察觉，没表露惊讶，她爽快地同意了，说只要保证在天黑前回家就行。

最让我心旌摇荡的是给马梳毛的时刻。马的皮肤在汗津津的时候也带着几分干燥，实实在在的坚硬中含着肉的温暖和气息。有时候，一股快感穿过我的手腕，像鲤鱼般在我的身体里游曳而上。"小时候，我小，马大，所以我总是仰望动物，这一点今天也同样。"只见托斯卡的一双乌眸和鼻尖浮现在雪景之中。把三个点相连，是一个三角形。她的白色身体在雪中化作保护色，根本看不见，但我可以从那三个点认出托斯卡，便朝着那个方向说话。"不过，就算我想起小时候的事，也没有意义。""我妈说过，必须想起比小时候更早的事，而不是小时候。""我真想读你母亲写的自传。""已经绝版了。在北极，所有的书都绝版了。印刷机也是用冰做的，机器都化掉了。"托斯卡有些落寞地站起身，就要往那头走去。她的胸腔不厚，衬得优雅的脖子愈发长，前腿则显短。"你等等！"

"怎么了？你又说梦话了。"丈夫讶异地望着我。丈夫为了掩饰他自己因为妒忌妄想导致的神经衰弱，到处对周围的人讲，我经常说胡话，出现妄想。就连潘科夫也不知何时来到我旁边，一脸担忧地说："你啊，我听说你不想排练用火的杂技，你不会连对舞台的热情之火也燃尽了吧。"我回答："快被嫉妒烧光的是我丈夫。请你想点办法。我热得不行，所以才总是逃进雪地里。在雪地里，只要看到三个黑点，我就知道那是托斯卡的眼睛鼻子。"潘科夫听了放声大笑。"如果在夜里看见三个发光的点，说明火车正在开过来。你不会是打算卧轨自杀吧？总之，你要多休息。"

丈夫的妒忌无凭无据地增长着。我和托斯卡正在练鞠躬，霍尼西贝格走了进来，丈夫便说我"抛了媚眼"，一推我的肩。托斯卡发出危险的吼声，霍尼西贝格面无人色。丈夫满不在乎，想把我推到一边。"住手！"霍尼西贝格低声制止，抓住丈夫的胳膊，把他拉到角落里。"你怎么了？竟然动粗！""刚才熊躁动了，很危险。你没发现吗？"

有一天，我们三个被潘科夫叫到房间。我以为他要训我们，结果不是。"听说下个月会有一次来自克里姆林宫的公开访问。如果有可能，最好在那之前进行首演，等确定不会有失误，再迎接贵宾。我们又不是搞活祭仪式，如果让苏联人看到厄休拉被熊吃掉，他们大概也不会高兴。"说这番话的潘科夫表情沉重,霍尼西贝格的脸上却浮现出从容的笑。"您不用担心。排练已经结束了。厄休拉和托斯卡建立了真正的友谊。她俩就只是平平常常地登上舞台,鞠个躬。然后她们从同一个袋子里吃饼干,从同一只壶往两只杯子里倒牛奶喝。然后厄休拉给托斯卡戴上时兴的帽子,给她穿上马甲,她俩一起照镜子。就是典型的闺蜜。这样就足够了。真正的友情是动人的,即便是她俩这种毫不戏剧性的。""友情可能确实不错。不过,作为节目太平淡了吧。""您不用担心。只要其他九头熊并排站在后面的拱桥上,表演就会有张力。每头熊体重五百公斤,所以一共是四千五百公斤。日本那个叫什么来着,对,相扑。看上去,好像小小的厄休拉只靠一支鞭子就能随意驱使体重超过二十名相扑力士的猛兽。这可是最精彩的部分。"不知什么时候起,霍尼西贝格不再是蹭吃蹭喝的离家出走者,他俨然是潘科夫的代理人,耀武扬威地俯视着我们。霍尼西贝格的个头比我们高得多,这时,丈夫或许是没法默默地听下去,他一下子站直了,扬起下巴,用比平时高出一截的嗓门反驳道:"等一下,你说九头白熊会站在背后,什么意思?罢工的事怎么样了?"霍尼西贝格依旧从容不迫。"他们同意从明天开始参加排练。罢工结束了。""你同意了所有的要求？"潘科夫意识到众人的视线集中在自己的身上，默默地低着头。霍尼西贝格愈发得意地说："没有。要求本身已不存在。白熊们买了股票，收回了要求。既然拥有股票，就不再是纯粹的雇佣关系。我对熊们说了，你们也是资本家，所以没有权利罢工。"

丈夫不快地瞪着霍尼西贝格被牛仔裤包裹的细腰："你用卑劣的小聪明欺骗了心灵纯粹的动物。你是人类的耻辱。"只见丈夫的肩膀像伞蜥蜴的衣领那样明显露出杀气[1]，我按住他的肩揉了揉，掸落杀气。丈夫甩开我的手，瞪着我，"你要帮这小子？"我再次按住他的肩，感觉到杀气，不觉松开手。我心想，既然落到如此紧张的局面，还是把话说清楚的好，于是对他说："老公，看来你以为我和他有那种关系，所以妒忌，可你这是毫无根据的妄想。"结果丈夫和霍尼西贝格都仿佛头一次听到这种说法似的吃了一惊，同时叫道："什么？"潘科夫叹了口气："厄休拉果然病了。早点儿去医院吧。"他留下这句话就走了。

---

1 伞蜥蜴受到威胁时会张开颈部的薄膜，以吓退敌人。

我不是第一次看精神科医生。念完义务教育，我没有继续升学，定下一份保姆的工作，那之后，关于有钱人的屁股的妄想开始困扰我，我去看病。用簸箕装马粪埋进土里的工作没让我难受过，然而当我想象自己将把有钱人露出汗津津的大屁股坐过的马桶打扫干净，便不寒而栗，就连走在街上的时候，有钱人的屁股也在后面追赶我。我加快脚步，或钻进人群藏起来，可不管我到哪儿，屁股都如影随形。我把这事告诉妈妈，她说我想多了。"你琢磨那些不存在的东西没有意义，先琢磨实际存在的吧。"不存在的东西是什么呢？

妈妈并没有一开始就想让我当保姆。如果成为一名学者，我本来可以一直琢磨不存在的东西。我的成绩很好，班主任老师劝我继续升学，我却一口回绝了。妈妈从班主任老师那儿听说了这层经过，非常失望，她托着腮坐在厨房餐桌前，像是变成了一尊石像，杯子里的茶一口没动。妈妈的眼睛深深地凹下去，皮肤暗沉。我感觉当时没有几个母亲会考虑让女儿接受高等教育。我怎么也回忆不起来，自己为什么那么不愿意念大学。事实上，我私下读了和马有关的书，梦想成为动物学家；读了西顿[1]写动物的书之后，我还想过当作家。"你为什么到如今又后悔自己没继续念书？"托斯卡忽然问我，"你的大学是马戏团吧。"她说得对。所以还好我没继续念书。当时，不论我在哪儿，不论我做什么，都会觉得自己被有钱人的大屁股追赶，没有一刻的安宁，所以我去看病，但医生只随便应付道："你这是神经衰弱，休息一下就会好。"我拿了药回家。

　　但不知是不是医生开错了药，或是我的体质发生了异常，我刚吃了那个药，就觉得自己无论如何都想在马戏团工作。我和妈妈狠狠吵了一架，从家里跑了出去。还好我那样做了是吧。我以吵架的热量为燃料，一直跑到马戏团。时值傍晚，团员们正围成一圈喝啤酒，看见我，他们立即让我加入，可当我提出"我想当马戏团的团员"，所有人都显得为难。我想哭，这时有个留胡子的老人拍了拍我的肩，说："在工人家庭的孩子看来，那些生长在马戏团的人觉得理所当然的生活形态都是些无法理解和无法忍受的事。当然，也有一些能让人在马戏团过下去的生存智慧。但那不是书

---

[1] E.T.西顿（1860—1946），加拿大野生动物画家、博物学家、作家，著有《西顿野生动物故事集》。

本上能学到的。所以普通市民没法成为马戏团的团员，就像狮子没法变成老虎。你最好在城里找份工作。"我"哇"一声哭了起来，名叫柯纳莉亚的走钢丝的女人站起来说："我带这孩子去城里，问问安德斯先生有没有工作。"她说安德斯先生是马戏团的狂热粉丝，在电报局当科长。我竭力跟上脚程极快的柯纳莉亚，直接去了安德斯的公寓。

柯纳莉亚按响门铃，一个魁梧的男人走出来，伴随着一种我不熟悉的气味。他看到我们，乐滋滋地眯起眼，让我们进屋。我是第一次进有钱人的房子，置身于皮沙发和镶嵌金属的山毛榉柜子之间，我整个人都变得僵硬。银质餐具盛着凉掉的牛排、面包和水果，像一幅油画。柯纳莉亚一直面带微笑，她巧妙地如同手到擒来般发话接话，还不时对我使眼色。那个男的看上去完全被她操控，最后轻易地答应给不知根底的少女一份工作。

就这样，我没能进入马戏团，也不再会被有钱人的屁股追赶。妈妈听说我将在电报局工作，高兴坏了。既然在电报局工作，我就是"国家公务员"，妈妈对此深信不疑。国家公务员大概是和马戏团团员截然相反的，是捧上了铁饭碗的人，不过在多年以后，到了马戏团也变成国营的时代,像我这样的驯兽师,还有走钢丝的和小丑,大家全都成了国家公务员。

"我答应写你的故事,结果写的却都是我自己的故事。对不起。""没事。你先把你自己的故事变成文字吧。这样一来,你的灵魂腾空了,就会有熊待的空间。""你要进入我的里面?""对。""真可怕。"我们齐声笑了。

我开始以国家公务员的身份每天骑着自行车送电报。过了一个月,我的大腿和小腿长出了肌肉,隔着衣服也能看出来。接着,骑车对我来说成了小菜一碟,单纯骑车太无聊,于是我开始在工作中做类似自行车特技的练习。

有一次,一名路人看到我边骑车边练倒立,对我说:"倒立必须用特殊的自行车。"我正要问他怎么知道这个,那人已经走了。我第一次切身地感觉到自己有观众。不管在哪儿练,只要有一个人看,那就不是妄想,而是排练。也许我会在某个时候正式表演。

我练得更起劲了,这不是坏事,可是我骑自行车下石头台阶的样子恰好被路过的电报局长的亲戚瞧见了,后来上司把我狠狠骂了一顿。自行车在当时是贵重物品,所以他们大概觉得,如果被我弄坏了就糟了。

"这儿可不是马戏团！"上司冲我怒吼的时候，我想起被我遗忘了一段时间的马戏团。没错，电报局不是马戏团。我记起来，我内心其实想在马戏团工作。

但不等我回马戏团，战争开始了。"北极没有战争，真好。""没有战争，却有一些人带着枪来到北极。他们无缘无故地用那些枪打死动物。""为什么？""我不知道为什么。我听说人类有一种本能，叫作狩猎本能。可我不太理解所谓的狩猎本能。""从前是生存所必需的行动，但在行动本身失去意义之后，只有动作留存下来，就是这么一回事吧。也许人类无非是这一类动作的集成。人类已经不知道哪些动作是生存真正需要的，只剩下那些类似记忆残骸的动作行为。"

爸爸在战争期间回来过，只有一次。有个男人在家门口徘徊，我心想"难道是爸爸"，结果真是他。他用眼神示意我跟着他，我们走到河边，在那儿坐下。他夹着烟的手指染成了黄色。"爸爸在长大的过程中一直挨所有人的打，所以养成了杀动物的习惯。小时候，我按住猫，用刀刺它，确定自己的心没有动摇，就感觉踏实。这个习惯越来越严重，以至于我杀了军马。大家都相信我杀军马是因为反对战争。"我回到家，把这件事告诉妈妈，反倒挨了责怪："你爸不可能活着。这事不许告诉别人。"电报局已经没用了,我没了工作,回到妈妈身边,和她一同在军工厂工作,在家还要做我们两个人的饭,洗两个人的衣服。战争期间,路人的表情严峻,每当两名人类在夜路相遇,彼此的眼神都在飞速计算对方是不是一个应该被杀掉的存在。每当见到拿枪穿制服的男人,即便知道是自己国家的军队,人们想到的不仅仅是"被枪杀的人不会是自己",还会想,是不是只要有其他人被枪杀,自己就不会有事?我们被迫饥饿,被迫憎恨,当冬天来临,我们一下子被拉入饥饿与严寒,总是瞪着地面匆匆忙忙地走路。由于营养不足,我们的皮肤开裂,眼睛发炎,不停咳嗽。妈妈多次告诫我:"不许提起你爸爸,如果有人问你,你就说他在你还是个婴儿的时候就走了,你什么也不记得。"

邻居们偷偷交换的视线中藏着我无法解读的语言。我有种感觉,一旦我的后背被贴上看不见的标签,我就完了,所以我总是边走边回头看。万一被贴上标签,我会被人带走,被蒙上眼睛对着墙站着,然后被枪杀。"说什么呢?你怎么可能被杀嘛。"我听见妈妈的声音。但我其实也有可能在那时被杀。任何人活下来都有一半是偶然吧。妈妈还曾经问我:"你应该没有参与那种偷偷集会的莫名其妙的运动吧?"不过我在政治方面真的相当幼稚,对抵抗运动一无所知。

经过德累斯顿大空袭,建筑物全部坍塌,变成了瓦砾山。我和妈妈到一家充当避难所的工厂避难。夜晚来临,窗框反射出微弱的月光,人们的汗味儿变得浓重。

还有一次,我在路上看到焦黑的铁块,心想,难道这是自行车的尸体?我在城里拾捡砖块赚些小钱,却怎么也找不到能用这点钱换到的食物。我记得,我还因此去了城郊的亲戚家,住在他们家里帮忙做农活。那家人种了许多叫作芜菁甘蓝的大头菜,是如今很少见的品种。

不久后,电报局重新建起来了,但是管理层的人都换了,我去求过他们,没能得到工作。我托了妈妈的老友,帮忙做些打扫和买东西的活儿,还整理掩埋全城的砖块,从政府拿极其微薄的报酬。"我为什么这么寂寞呢?"我在冰块泛着蓝光的梦之风景中对托斯卡说。"你不寂寞呀。有我在。""可是,只有我一个人相信我能和你说话。也许这件事仅仅是我的臆想。在我进马戏团之前有过战争,但谁都不想听马戏团之前的故事。每个人都问我,你进马戏团的契机是什么?他们都是从那里问起。所以我就先讲小时候在萨拉萨尼马戏团帮忙的事,然后跳到我二十四岁进入布修马戏团当清洁工。谁都不想听中间的战争。无人肯听的故事像敞着口子的洞,我被吸进那里,消失不见。""我不是在听嘛。""这也许是我自己的愿望造成的妄想。我要怎么做才能知道真的是你?"

某处传来狗叫声。"有钱人即便所有的财产被战火付之一炬,战后还是会重新变成有钱人。不可思议吧?"那不是托斯卡的声音,是一个精力充沛的青年的嘶哑嗓音。他养的狗名叫弗雷德里希,我一去,狗马上扑过来撒欢。"阶级社会不会因为战争消亡,会在战后不久以更大的贫富差距复苏。所以,有必要在战后马上进行革命。"那是个名叫卡鲁鲁的青年。他在路边向我搭讪,后来相熟到我去他家玩的程度。

卡鲁鲁的房子已经修好了,他家摆着气派的老式床和沙发,大概因为烧不动留存下来,唯有摆在书架上的书是新的。我看见一本大红色书脊的书,抽出来看,没等我读完一行,他突然从身后抱住我。卡鲁鲁用双手握住我因为营养不足才刚刚开始隆起的乳房,放肆地揉了起来。我刚想转头,卡鲁鲁的手飞快地往下滑,紧紧环住我的小腹,同时把他坚硬的下巴像夹子一样顶在我的肩膀上。"憧憬恋爱然后慢慢爱上，犹豫着接第一个吻——我当时并不是这样，而是晴天霹雳。""你如果就这样怀孕的话，正符合大自然的算盘。""大自然难道只对细胞分裂感兴趣？人的心完全无所谓。第一是繁殖，第二还是繁殖。""那之后你每天和卡鲁鲁见面？""我们吵架了，很快。""为什么？""我记不清了。好像是因为我和弗雷德里希说话，他对我说，别和狗讲话。"

之后我发了高烧，好几天都没有意识。妈妈把冰袋放在我的额头上，我远远地听见她和医生在嘀嘀咕咕地说话，接着，我的意识独自去了遥远的地方。我在一片被耀眼白色覆盖的平坦的土地上，眯起眼定睛望去，似乎有像是雪兔的东西不时跳过，我往雪兔那边跑去，结果每跑一步，光随之变换角度，否定了我之前看到的东西。

混着雪的强风吹来，却丝毫不冷。地面冻得硬硬的，像毛玻璃。我看见大海豹带着小海豹从冰下游过。

我结束漫长的旅程，睁开眼，一股青涩的劲头在我的体内左突右撞。我踢开被子，穿上鞋，不顾妈妈的劝阻，径直朝城中心跑去。我跑得跟跟跄跄，风扶住我的胳膊，所以我没有摔跤。耸立的广告塔贴着如同花瓣的海报，看见海报，我停了下来。那是布修马戏团的公演海报，我一看日期，演出正好在前一天结束。不知是谁的自行车没上锁停在广告塔跟前。我跳上自行车，拼命踩踏板。都市郊外的大地无边无际地覆满了油菜花，我远远看见一条长长的拖车队列，正在通过那片黄色的正中央。

我呼吸急促，用尽全力骑自行车。就像在转动空想的车轮，紧紧抓住幻灯机在我脑海的屏幕上投出的美丽幻景。我骑到自行车几乎散架，终于追上了马戏团。我隔着车窗问队末那辆拖车上的男人："你们大伙儿这是上哪儿去？"男人答道："去柏林。""要在柏林公演？""对。柏林是世界第一的大城市。你去过吗？"听见柏林二字，我心潮澎湃。我就这样骑着自行车和他们一起去柏林吧。此时天色昏暗。"你要是不早点儿回家，会被雷阵雨淋到。"我抬头看天空，一大滴雨水落进我的眼睛。"请带我去柏林。""太突然了，这怎么行。我们下次来的时候带你去。""那你们什么时候来？""你就放心等着吧。"

醒来时，我又躺在自己的床上。第二天早上，我问了妈妈，她说我从两天前发烧发到昏沉，一次也没起来过。"还是应该去医院吧。你是不是又病了?你最近很奇怪。"我以为说话的人是妈妈,结果是丈夫。"是吗?我哪里怪了?""和你说话你也不应,而且你的眼神怪怪的。"丈夫自己有问题,所以他想要认为我有问题。

我骑着自行车追赶离开我们这里的马戏团,这段经过成了一场梦,可是接下来的一周,我去广告塔一看,那儿确实贴着马戏团的海报,而且最后公演日就是我做那个梦的前一天。我怕妈妈担心,所以没提这件事,不过想想看,孩子一直在努力成为大人,什么都不对父母讲,而父母纵然失去了鼻子,在孩子面前也会天天戴着口罩撒谎:"我只是感冒而已。"大自然将这样的本能给予我们,究竟是出于怎样的利益考量呢?我曾经激动地对卡鲁鲁说:"我又不是和虫讲话。人和狗同样是哺乳类吧。为什么不能和它说话?"卡鲁鲁怒道:"人和狗完全不一样。而且狗只不过是个比喻。"卡鲁鲁十分喜爱"比喻"这个词,我说"我想在马戏团工作"的时候,他带着轻蔑说:"马戏团只不过是个比喻。你不看书,所以凡事你都马上当成现实。"

接着他把巴别尔那本名叫《骑兵军》[1]的书朝我一扔。那之后我就没见过卡鲁鲁，没能把书还给他，那本书一直在我的书架上，向我投来含恨的视线。和卡鲁鲁就这样结束了，但我相信马戏团总有一天会回来。

"你一直在等，可他不会回来了。"我吃惊地抬起头，只见丈夫嘻嘻一笑。"我把他关在厕所，他大概出不来了。"我担心霍尼西贝格真被关在里面，赶去厕所，正好遇见潘科夫一脸心满意足地从里面出来。"怎么了？慌慌张张的。"我问他霍尼西贝格在哪儿，他往那头一指："在那儿嘛。"开开心心和人说话的背影确实是霍尼西贝格。

我感到焦灼，丈夫的神经确实磨到破损，就快断裂了，如果他的神经真的断了，他说不定会杀了霍尼西贝格。小时候，我反复做一个噩梦，梦见自己拼命制止狗和猫互相残杀。杀气飞上肉眼看不见的半空，飘然回转，给双方鼓劲，把它们拉向死亡。我的使命是作为第三者加入这场舞蹈，改变杀气的流向。我在婴儿时代满脑子都是这些事。不是用现在的语言来思

---

[1] 苏联作家伊萨克·巴别尔的代表作《骑兵军》，反映苏联骑兵进军波兰的军旅生活。——编注

考。是用更早以前的语言。

我把亲生女儿放在妈妈那里不去接她,其实不是因为工作忙,而是因为我不想让孩子看到丈夫杀人。也许丈夫不会杀霍尼西贝格,而是把我杀掉。但也说不定被杀的会是丈夫。

这个时候,如果我"定下心想一想",我本该想到丈夫会怎样死去。但在活着的时候,谁都没时间"定下心想一想"。假如我定下心想一想,那我也许在二十年前就能预想到墙[1]的倒塌,以及我的生活的倒塌。东德死了,我丈夫死了。

我写到这里,刚一抬头,潘科夫把一本崭新的厚笔记本往我跟前一递。"给你的礼物。你把那些重要的纸用了可不好办。"自从潘科夫告诉我们苏联要把北极熊当作礼物送来之后,这还是他第一次用"礼物"这个词。我道了谢,翻开笔记本,在呈现无聊表情的灰色再生纸上接着写下去。

等待是有价值的,一九五一年,城里四处张贴着布修马戏团的海报。当时连带彩照的杂志都买不到,

---

[1] 指柏林墙。

在黯淡而缺乏色彩的日常生活中，唯有马戏团的海报充溢着让人透不过气的色彩。光是看到海报，我的马戏团就已经在空想中拉开了帷幕。脑海中响起鼓声和小号声，诱人的舞台灯光割裂黑暗，外星人穿着仿佛镶嵌着龙鳞的服装，陆续出现在灯光切出的光柱中。他们能在空中飞，还能和动物交谈。满溢的兴奋、掌声和欢呼声让上方的空间嘎吱嘎吱地绽裂开来。

离公演的日子还有三天，还有两天，终于就在明天，就在今天，还有两个小时，一个小时，大幕拉开。一个装着红苹果状鼻子的丑角出现在舞台上，他脚步蹒跚地在舞台兜了一圈，又是摔倒，又是翻筋斗。马戏团有马戏团的真相。走不稳的人运动神经最发达，能让人发笑的人最严肃。也许我也能在空中飞。一个双腿修长的女人穿着银色亮片的红衣出场，沿着从天花板垂下的绳子往上升。一个满身肌肉的男人穿件紧绷的白衣，领口露着黑色的胸毛，他张开双手，从舞台中央登台。看到高空秋千的摇曳，我有种古怪的感觉。就像被人施了催眠术似的，我晃晃悠悠地站起身。坐在后排的人怒道："看不见了。坐下！"我只好坐下。

高空秋千的表演结束，乐队演奏的探戈的调门怪异地一变，屏风般的格子隔在舞台和观众席之间。看见狮子出现，我又有种古怪的感觉，晃晃悠悠地站起身，径直到了舞台跟前。我用双手抓住格子，把脸凑上去，狮子朝我这边看过来。我身后有人起哄。一名守在观众席的马戏团团员朝我跑来。狮子跑到我跟前，用它冰凉的鼻尖抵住我的鼻尖。

妈妈来警察局接我，问："你为什么要做那种傻事？"我说："我想进马戏团工作。"妈妈睁大眼睛，那天没再说什么。我以为她这次气极了，结果她主动说："我总算明白了，你是真的想在马戏团工作。"这回倒是我吃了一惊。

让我得以在马戏团工作的人是我妈。"谢谢。""用不着谢。"妈妈答道，她的手显得大极了。"妈妈，你的手怎么那么大？""因为我是托斯卡。"当时的马戏团是众人憧憬的目标，听说竞争率之高，已经拥有一身绝技的人也进不去。妈妈开动脑筋，向马戏团提出："请让我女儿负责照顾动物和打扫。不要工资。"她就这样把我兜售给布修马戏团。"你怎么进去不重要。只要进了团，任何人都有出人头地的机会。"这话是妈妈的饯别赠言。

尽管如此，我到马戏团的第一天还是有次走过场的面试，我在充当办公室的拖车里和团长面对面地坐着,被雪茄烟呛了一顿。我说我小时候在马戏团帮过忙,还曾在送电报的时候练习自行车特技。团长问我几岁,我老老实实地答"二十四岁",他嘻嘻一笑,扔下一句"在那儿等着",走出拖车。

一个男人接替团长走进来,他的五官不化妆也能看出是个小丑,他带我去了马厩和杂物间。这人就是扬。"如果你想住在团里,只能让你和孩子们一起睡拖车,同时由你照顾他们,可以吗?"我点点头,他又带我去了儿童拖车。据说有七个孩子,车里到处扔着毛毯和衣服。

我早上六点起床,照顾动物并打扫。我洗衣服,照看孩子,听大家使唤,一天就在做这些事的过程中结束了。工作一天之后,我往地铺一倒。有时还有孩子夜里起来哭。

马戏团常有孩子诞生,这儿有许多喜欢孩子的人和情深意重的人,但大家都忙得没时间管孩子,马戏团移动频繁的时候甚至没法让孩子们上学。当时因为马戏团计划停留一年,所以七个孩子当中有三个在城里上学。

孩子们放学回来后要学杂技,学完之后才在食堂的餐桌上学习。我教那些不懂算术规则的孩子算术,听他们朗读席勒的叙事诗。我和他们开玩笑："没人吩咐，你们学得还挺认真。喜欢念书？"孩子们回答："因为不愿被工厂工人的孩子们嘲笑。"

马戏团的孩子们用的书名叫《为巡回演出人员的孩子们写的课本》，这本书写得好极了，你可以从任何一处开始学，也可以在任何一处停下，而且不分科目。只要从头学这本书，就能依次学习读写、算术、地理、历史等学科的要点。我看了后记，原来这课本是一位住在魏玛的马戏团研究专家写的。后记中写道：今后，世上的职业都会像马戏团一样变成流动的。我相信，只有当那样的时代到来，这本书的价值才会被世人所认可。

的确，马戏团的孩子们没法带着一大堆教科书上路，他们很忙，也没时间学很多科目。他们只有一个科目，那就是"学习"。而且并没有"孩子学习、大人工作"的区分。孩子必须既学习又工作。他们没有体育课，每个孩子刚学会走路就开始练杂技；他们也没有音乐课本，但是所有的孩子每天练乐器。我现在拥有的知识几乎都是在这一时期和孩子们一起学到的。我让孩子们脱掉衣服，在户外用水管往他们身上浇水，他们立即像小熊似的欢叫闹腾。我把孩子们的衣服放在大盆里洗，在树木之间拉绳子晾干。风一吹，洗好的衣物便剧烈地飞舞，有时甚至飞走。

有一天，我正在晾洗好的衣物，团长经过一旁。"你真聪明。为了进马戏团来求我说想当明星的年轻人，那可是多得跟沙子似的。但我们缺少照顾动物的人、能够打杂的人、管孩子的人。你没有只关注自己，而是放眼整个马戏团小屋，注意到什么地方的劳动力不足，你真厉害。我都想让你当老总了。哈哈哈。"他嘴里夸我，但也许仅仅是因为有我这么一个免费劳力送上门而高兴，就算是这样也无所谓。我是在知道自己被人利用的前提下努力工作。

如果想聊天，我就打扫卫生。如果想吃点心，我就洗衣服。我最开心的是照顾动物，最初我照顾的只有马，后来，被称作"大师"的驯兽师把照顾狮子的活儿交给了我。

粪便也是多种多样的。马粪这东西会以落地的形状变干，像个摆件，所以有种庄严，仿佛可以把它就那么拿起来献给教堂；但狮子的粪便像是妖魔化的猫大便。收拾粪便的时候，用鼻子呼吸就会眩晕，用喉咙呼吸就会想吐。

有些时候，给狮子喂食也是件难事，为了应付没法给狮子弄到足够口粮的时期,我曾经把捕鼠器捕到的老鼠肉存下来,然后把鼠肉混在麦片粥里。如果伙食不好,狮子会在排练时狂躁,造成危险。"如果我被吃掉,那都是因为你。"每当驯兽大师这么说,我便会打个寒战。

我还曾经去肉食加工厂讨开始变质的肉。我切着喂马的干草,不觉感到不可思议,马光吃干巴巴的草,却能飞奔如风。既然如此,为什么有动物选择吃肉这条麻烦又危险的道路呢?我边干活边琢磨这个,身后有人对我说:"喂,想什么呢?"是扬。我老老实实地说了自己正在想的问题:"为什么会有食肉动物呢?我觉得光吃草才正常。""在自然环境里,要找到足够的草也很难。动物一直在移动,如果不是整天都在吃,热量就不够。""食肉动物是不愿意过这种生活而开始吃肉的吗?""熊其实也是草食性的,不过你看北极熊。它们只能抓海豹吃。因为北极基本不长草,也没有落下的果实。它们捱过寒冷,在冬眠中几个星期不吃东西,生下小熊,还要一直给它喂奶,要储蓄足够应付这些的脂肪,只能吃含有大量脂肪的肉。我猜它们是因此从食草变成了食肉。海豹这玩意儿相当难捕捉,而且可能不好吃,但它们靠吃海豹艰难地活下来。吃是件悲惨的事，所以我讨厌美食家，因为他们掩盖了吃的悲惨，装得好像吃是件美妙的事。"

当我晚上在马戏团的空地偷偷挖洞掩埋粪便，把用来喂狮子的老鼠晒干，让发烧的孩子喝下煮草药，这时我不由得感到，我们的生活脱离了市中心的文明生活以及社会主义体制。往昔的战争日渐遥远，城郊建起现代的公寓楼，人们说电视将在不久的将来普及。而在这样的情形当中，唯有马戏团与周遭的世界隔绝，形成孤岛。

"你和驴子普拉特罗的演出大获成功，还去了西班牙，对吧？"曼弗雷德刚和我结婚那会儿，好几次羡慕地说。"是啊。不过那时候是公演旅行，我没去景点，也没那个兴致。白天排练，晚上演出。""可你在餐厅吃了意大利面和西班牙海鲜饭吧？""没吃。我吃了带去的面包、罐头泡菜和匈牙利萨拉米香肠。"

我切身感到西班牙的演出获得了成功，但我不知道，在演出当中不起眼的驴子的节目在报上大受好评。团长倒是知道这些，但他怕我这个一步登天的人得意起来，所以瞒着我吧。

一天夜里，我口渴醒来，走出拖车，只见表演高空秋千的女人坐在晾衣场的粗陋塑料椅上乘凉。她看到左右无人，朝我招手，喊我坐她旁边。"报上说，女性化又飒爽的身体线条，还有被金发簇拥的认真又纯洁的脸，真是美妙极了。你知道说的是谁吗？"听到她的话，我想了片刻，脸红了。"是你呀。西班牙的报纸报道了你。你向驴子国[1]的人展示了驴子的节目，受到了夸赞，了不起。我妈是古巴人，所以我的西班牙语不错。你知道拉丁风格的激情吗？"我莫名其妙，心想她为什么突然说这些。这时她说："我来教你探戈。你下次要飞到阿根廷，用探戈赢得喝彩。"她揽住我的腰，我随着她哼唱的探戈旋律学习舞步。

跳着跳着，我们的脚绊到一起，摔倒了。她轻抚并揉捏我的脑袋、屁股和肚子，我就像一只被剥掉皮的粉色兔子，在这个过程中复活了。我们可以一直做这些吗？我试图逃开："身上冷了，回去吧？""人就算待在和北极一样冷的地方，舌头还是这么热。"说着，她把相当肥硕的舌头伸进我的嘴里。

自从演高空秋千的女人教给我仿佛时间停滞的接吻之后，我不再有过和女性的邂逅。可是当我回想起她的脸，总有种将要抓住什么的感觉。我知道团长在

---

[1] 加泰罗尼亚人喜爱驴子，故有此说。

犯愁，我因为驴子出了名，观众想在下一个演出季再看到我，该做些什么迎合他们的期待呢？于是我抢先提出，我想和猛兽一起排练。大师立即同意了。

进行猛兽的排练，重要的在于既保持主动性，又要随时能做到干脆地放弃。强势没半点用处。不管有多想练，看看豹子的神色，知道今天不行，就算了。这并不是不作为，重要的是，要能够轻易抛下自己想做并干劲十足地发起的计划。就像攀登雪山，如果被追求名誉的欲望驱使着蛮干，就会丢掉性命。如果那天感到害怕，不管多想排练，我也不进笼子。排练的日子少了，心理压力加大，但我还是忍住了歇着。团长不懂这些道理，还曾经冲我吼："你怎么不练？你昨天休息，今天又休息？！""我们发现豹子今天情绪狂躁。昨天是因为棕熊发怒了。"每当这种时候，大师总是帮衬我，挥手示意团长离开。

然而有一天，警察过来带走了大师。团长告诉我，大师之前在密谋逃亡计划。他不惜冒着被逮捕的危险计划逃亡，逃亡这种行为听起来像个妖魔的名字。团长一筹莫展："这下怎么办呢？我被上头喊去狠狠训了一顿。我也生了气，对他们说，既然没了驯兽师，我们的公演要中止。结果人家还挖苦我，说：你本来就想让新人上场吧。""这不是挖苦，是事实。请别担心。我一个人能行。""你才刚入门吧。""大师指导过我，让我能够一个人站在舞台上。他说过，下一个演出季，他可能不在了。"团长吃了一惊，抬起头思忖片刻，随即露出破罐子破摔的神色，仿佛在说"那就随便吧"。

公演获得了成功。我知道自己做不到大师过去展示的那些复杂特技，所以专注于简单的特技，相应地，为了有看点，我让人做了华丽的服装，并在照明上花了心思，制作出充满幻想色彩的舞台。豹子、棕熊、狮子和老虎端坐在椅子和床上，窗外满月摇曳，猛兽们不时更换位置，最后我和狮子握手，仅此而已。表演中间，老虎必定发出一次雷霆怒吼，观众们为之一寒，我抽响鞭子，让老虎闭嘴，这是节目的看点。老虎并不是真的表示威吓，它吼叫，只因为在那时吼一嗓子就有肉吃。观众们屏住呼吸观看我和老虎之间其实并不存在的剑拔弩张，节目一结束，他们便让我沐浴在暴雨般的掌声中。

新闻记者闯进后台，满面红光地说："小个子年轻姑娘随意驱使好几头大型猛兽，真厉害。"原来如此，在别人的眼中，我是"小个子年轻姑娘"。这种看法仿佛理所当然，可我本人压根儿没想过。当我看到新闻标题写着"随意操控猛兽的美女"，"猛兽"一词让我有强烈的不协调感。很久以来我甚至忘了还有这么个词。

表演成功了。于是我向团长提出，我想解散猛兽群，做一场只有狮子的表演。我的愿望实现了，虽然只有很短的时期。如果没有那张照片留存下来，我都忘了自己和母狮们共同度过的极为短暂的和平年代。快乐容易被遗忘。那张不知是谁拍的照片上，五头母狮和我各自休憩，它们躺在沙发上，我在椅子上打盹。狮子们的表情比家猫更安稳，仿佛想说，我们才不要辛苦劳作，我们要好好休息，等有兴致了，说不定搞点艺术。

还是不谈狮子了。这世上既然有熊，狮子就不值一提。如果狮子是百兽之王，熊就是百兽的总统。狮子的时代结束了。和十头北极熊排成一排的壮景一比，其他哺乳动物都很乏味。

离开幕还有五分钟。我开心得坐不住，把屁股挪到左又挪到右，重新坐了好几次。小丑好几次调整马甲的位置，导演用颤抖的手握着伏特加酒瓶，对瓶直饮。新人乐手好几次重新握住小号，额头上早早地浮现大滴的汗珠。音乐响起,七色光舔过舞台。曼弗雷德在舞台一侧悄然而笑,似乎为他的妻子是众人敬仰的女驯兽师而自豪。他今天扮演的角色是无名的助手。其他团员表现各异,有的镇定,有的慌张。仔细一想,我从没好好看过其他团员的特技。他们像松鼠般在枝头间跳跃,像猿猴般爬上绳索,对人类而言大概是出色的特技,但我向来不怎么关注。

我们这个团队集思广益,最终决定呈现极其平常的生活。我们坐在椅子上,躺在床上,打开桌上的罐头吃零食。潘科夫说,马戏团的意义在于展现社会主义国家的优越性,我们得出的结论是,能做到不互相残杀,平平常常地共同生活,就是最美妙的情形。我们打算在舞台上描绘和展现这样的和平的日常。然而潘科夫看过排练之后说,这样的日常真无聊,你们要踩球,要跳探戈。潘科夫一力主张,我们只能退让。那么简单的特技,我们随时都能做给人看。

我和厄休拉瞒着潘科夫和曼弗雷德,决定在节目的最后呈现节目单上没有的一幕。我们俩把那一幕在梦中排练了许多次。但我并不确信,是不是只有我在做那个梦,还是厄休拉也在做同样的梦。这让我不安。

如果只有我做了那个梦，该怎么办？想到这里，舌头上浮现的甜味的预感消失了，我开始极度紧张。

终于到了我们上台的时候。厄休拉伸手搂着我的脖子，和我并肩迈步上了舞台，仅仅这么一个动作，观众就已经狂喜，让我们沐浴在掌声中。我把腿往舞台前方一伸，一屁股坐下。接着，九头同事被曼弗雷德催促着登上舞台，它们当中运动神经出色的三头踩上蓝色的球，灵巧地动着腿让球后退，并维持平衡。剩下的六头陆续在舞台一侧的凳子落座，等在一旁。当厄休拉抽响鞭子，踩球的三头熊匆忙地蹬着腿，保持着平衡向后转，把雪白的屁股对着观众。这时不知怎的爆发出满堂大笑，厄休拉深深弯下腰，鞠了一躬。我搞不懂熊的屁股有什么可笑的，但眼下不是在意这个的时候。

接着，曼弗雷德从舞台侧翼拉来雪橇，厄休拉把它拴在从旁边椅子离座的两头熊的脖子上，她自己坐上雪橇，抽响鞭子。两头熊拉着厄休拉乘坐的雪橇，绕着拱桥兜了一圈。然后九头熊陆续走上拱桥，排成一排，她们以厄休拉的鞭子的响声为信号，一齐用双腿站了起来。乐队开始演奏探戈。我缓缓起身，和厄休拉面对面，踩着探戈的舞步。我自己都觉得跳得不错。跳完一组动作，我吃了一粒方糖，和厄休拉手牵手鞠了个躬，按照公开的节目梗概，我们应该在这时退场。

我感到紧张。只见厄休拉轻快地把方糖放在舌头上。她果然和我做了同样的梦。我先让前腿落地，调整角度，然后正对着厄休拉站起来，弯腰探出脖子，用舌头取走她嘴里的方糖。观众席一片惊叹。

幸运的是，这一幕没遭到审查，得以不断重复上演。我们上了报纸的标题，新印的海报出现了"死亡之吻"的夸张宣传句。票连日售罄，东德和西德的其他城市不断发来邀约，不仅如此，让人惊讶的是，"死亡之吻"甚至还在美国和日本上演。

海外公演发生了几件预料之外的状况。我们在美国撞上了卫生法，接吻的场面差点被删掉，演出策划方着了慌。人们买票几乎都是为了看接吻那一幕，况且说什么我体内的蛔虫多，根本是卫生局找碴，我都想起诉他们损害我的名誉。每种动物在肚子里养着合乎自身健康的数量的蛔虫，这不就行了嘛，找碴说别人的蛔虫多了少了，这是人类丧失了管理自身健康的能力的证据。

策划方的大佬吉姆说，这事不怪卫生局，其实是有个过激的宗教团体害怕那一幕接吻场面，胁迫了卫生局。该团体写信说："和熊发生性关系，这是身为邪教徒的古代日耳曼民族才会有的想法。"又说："马戏团的存在，为的是孩子而非色情。"还说："共产主义国家的颓废文化伤害了人类的尊严。"如此等等。任何一个国家都有一些人有着过激的想象，但说成是"性关系"，怎么看都太夸张了。色情只存在于成年人的头脑中。等到真正赴美演出的时候，孩子们睁大眼睛张开嘴巴，看呆了，让我挺愉快。在日本演出的时候，我们收到许多来信，内容都是"日本相当闷热，穿着动物外套工作的诸位想必辛苦，不过孩子们很开心。谢谢你们。"他们没法相信我是真正的熊。好在没人闯到演员休息室说："请脱掉熊外套！"

美国的报纸上登了厄休拉的大照片。在西德的演出还算成功，不过观众当中有不少大人始终带着极其严肃的表情。我们每次在西方国家演完回国，总有人诡异地笑着迎过来："你们没逃亡嘛。"厄休拉搂住我的脖子说："我不可能扔下托斯卡一个人逃亡，对吧？"

你们吃了汉堡吗？喝了可口可乐吗？吃了寿司吗？有艺伎吗？不同的人问起遥远国度的风物，厄休拉只冷冷地答道:"马戏团是个岛屿。以岛的状态,可以漂到任何地方,即便出远门,也不会离开岛本身。"事实上,在国外演出旅行期间,我们忙于排练、演出、拍照、采访和赶路,团里只给了一个小时用来买特产,没有其他的自由时间。也有许多团员说,把买的特产拿出来看看吧。在日本,厄休拉在一处叫"浅草"的地方买了布满华丽樱花纹样的单衣和服。我也想买单衣和服,不过如果穿白色保护色以外的颜色,我心里就不踏实,所以我问售货员:"有没有纯白的单衣和服?"对方吃了一惊:"要在幽灵大会穿?"据说在日本,穿白衣的不是白熊的幽灵,而是人类的幽灵。

说到日本,我当时看到海报上有句广告词,"东德的波修瓦[1]马戏团"。我心里不快,抱怨道:"简直像是炒苏联的冷饭。"担任翻译的熊谷告诉我,六十年代来到东京的苏联马戏团被称作"波修瓦马戏团",当时颇受欢迎。"所以海报上写着,'在七十年代进一步发展,是一个更加出色的马戏团。'这可不是炒冷饭。不过,你本来也生在苏联吧?"我断然否定:"才不是,

---

[1] 俄语发音的音译,意为"大"。苏联的马戏团到国外演出时一般不采用本名,统一使用"大马戏团"之名。

我生在加拿大。"随即我意识到,我和我出生的国家之间几乎完全没有关系。

厄休拉似乎在心里把她在六十年代第一次吻过的熊和我重叠在一起。倒也自然。我们都叫托斯卡。而且我和那只熊一样生在加拿大。我生于一九八六年并在德国统一前不久来到柏林,是那只托斯卡的转世。我的脸和身体都和她一模一样,而且最主要是气味相似。没有人注意到德国统一的日子临近了,却有种不稳的情绪在空中闪闪发光,就像是春天的预感,我的脚底板痒得不行。古代民族会向熊请教,占卜共同体的未来,如果党员们继承了古代民族的智慧,他们大概会来到我跟前,感激地聆听我说出的一个"痒"字,对此进行分析。然后,就算他们想不到"统一"这个词,或许会想到某个更契合两国之间将要发生的事的词,诸如"侵占"、"同居"或"养子"。

在这般动荡不安的时期,厄休拉每天两次站在柏林一家游乐场的舞台上,每次都沐浴着洪水般的掌声。和她年纪相当的人们早就拿退休金度过悠哉的生活,她却每天早起,仔细地化好如同北极女王的妆容,即便上头削减预算,她也会靠私人关系设法弄到最华美的服装站在舞台上。第一次演完后,她蜷在后台的沙发上，睡得像死了一样，第二次演完后，她吃下堆成小山的意大利面，仔细地洗脸，入睡。如果对演出内容加以概括，就只是和我接吻。在七十年代的舞台，他们设计了这样的情节：另外九头熊踩球、拉雪橇，最后由托斯卡和厄休拉跳探戈，以吻作结。但如今留给我们的只有吻。

厄休拉面向我笔挺地站着，只有嘴唇柔软地递出。这时，她的喉咙在黑暗中张开，只见她的灵魂在咽喉深处一颤一颤地燃烧着。每接一回吻，便有少许人类的灵魂流入我的身体。人类的灵魂并不像传说的那么浪漫，其实基本由语言构成。而且不是日常能理解的语言，大多是破损的语言的碎片，还有那些没能形成词句的影像和语言的影子。

德国统一后，曼弗雷德在厄休拉面前被一只阿拉斯加棕熊杀死了，就仿佛统一是原因似的。在那之后，我们仍继续死亡之吻。起初，厄休拉大张开嘴，伸出舌头，习惯之后，即便她的嘴巴几乎不怎么张开，我也能从她嘴里的黑暗中看到白色的闪光。必须早点夺走它，因为它时时刻刻都在舌头上融化，厄休拉每次也会尝到甜味。有时，或许厄休拉累了，她的脸颊松弛，张开的口型变了，让我困惑。厄休拉让牙医装了一颗金属牙的时候,那颗牙在嘴里发光,可怕。我原本想要这样享受着小小的变化,永远重复接吻,但在一九九九年,马戏团联盟解体,厄休拉被毫不留情地从她工作了近五十年的马戏界赶走。听说我将被卖到柏林动物园,厄休拉躺倒了。我还年轻,所以并不因时代的变化而感挫败。我开始写电子邮件,买了电脑,还劝厄休拉也写,我和她约好,即便我们分开了,也要每天写邮件。

之后,直到厄休拉离开这个世界的最后差不多十年间,她一直在说些人类已无法理解的带着沮丧和愤怒的话,我甚至没有受过义务教育,之所以能够听取她晚年的话语并写下来,靠的是通过接吻流入我体内的灵魂。

就连在动物园和拉鲁斯恋爱,以及生下克努特兄弟俩的时候,我书写厄休拉传记的笔都没有停下过。我不是猫,所以也不懂为人父母者溺爱孩子的心情。[1]克努特的弟弟体质虚弱,生下来没多久就死了,我希望克努特能像那对被狼养大之后建立罗马帝国的双胞

---

[1] 日语俗语用"跟宠爱猫似的"(猫かわいがり)来形容大人对小孩的溺爱。——编注

胎一样成为大人物，所以故意让他做了其他动物的养子。而克努特正如我的期待，成长为出色的活动家，为保护地球环境活跃在全世界。[1]不仅如此，克努特教会我们所有的动物，就算不打磨特技，也能够凝聚人的关注，打动人心，唤醒人的爱和赞叹。但那是他自己的故事，我可不想像那些栖居在资本主义保护区的人类，把儿子的成就当作自己的功劳。我认为，我的课题自始至终都是书写在克努特的身后被人遗忘的厄休拉的故事。

厄休拉离开这个世界，是在二〇一〇年三月。年仅八十三岁。按熊的寿命算是长寿，但她是人类，我原本希望她能活得更久一些。我想一直和厄休拉在梦中的北极聊天。我想每天站在舞台上，重复带着砂糖味道的吻。一百年，一千年。

我总觉得人类的时间观念混沌不清，搞不清楚。按我自己的习惯整理估算的结果，我认为，一九九五年的夏天，我们每天两次在舞台上重复死亡之吻的时期是我们幸福的顶点，所以我想从我的角度描写当时的情景，来结束这篇传记。那年我九岁，厄休拉

---

[1] 北极熊母子托斯卡和克努特，在现实中确实存在。——编注

六十八岁——

我弓着身子,放松肩膀,用双腿站立。站在我面前的娇小可爱的雌性人类散发出甜蜜的气味。我朝着她的蓝眼睛缓缓弯腰,把脸凑过去,雌性人类飞快地把一块方糖放在短短的舌头上,轻轻探出嘴唇。只见砂糖的白色在她小小的嘴里闪耀。看到那颜色,我想起雪,对北极的想念让我的胸口一紧。我把自己的舌头伸进雌性人类殷红如血的双唇间,悄然取走闪耀的方糖。

想北极的日子

乳头戳到嘴边。不由得把脸扭到一旁,但乳头紧贴着嘴巴。被一股甜甜的几乎让脑浆融化的气味蛊惑,抽抽鼻子,没出息地张开嘴。热乎乎的液体沿着下巴滴落,是奶还是口水呢?嘴巴一用力,咽喉往下一咽,感觉到温热的奶流入咽喉深处。奶落入胃袋,肚子变得溜圆,全身放松,四肢懒洋洋的。

这期间,开始听到声音,眼睛也开始能看见了,并不是某一天突然就能看和听,而是周围的事物每天一点点成形。在这个过程中,有一天我明白过来,有两只毛茸茸的胳膊,其中一只会出奶,还有一只则帮忙扶着身体,便于喝到奶。喝奶的时候一心一意,喝饱了就开始犯困,醒来的时候,四周被墙壁包围着。

抬头看去,墙的上方固定着一片似乎有某种含义的白叶子。好像够得到,却够不到。那究竟是什么呢?两个黑鼻子。四只眼睛。其余都是白色。纯白,白之白。似乎还有小耳朵。奇怪的动物。想着想着,意识变得朦胧,又睡着了。

渐渐地明白了，自己不是被墙包围着，而是在箱子里。旁边有个软绵绵的布偶，自己和那东西一起被推到箱子的角落，然后被盖上毯子，这时便困得不行，怎么也抵挡不住睡魔。

进入睡眠的世界，周围的空气悄然一凉，银色的光闪闪落下。光雨在天空中飞舞着，慢慢地落下来，随即被脚下冻结的白色大地吸了进去。大地上有许多裂缝，每走一步，裂缝便被体重压得更大。裂缝底下露出蓝色的水。把体重移到踏出的脚上，蓝色的水扩散开波纹，自己仿佛要被那一圈圈波纹吸进去。如果进到水里，大概凉凉的，很舒服吧。可是该怎么呼吸呢？万一掉下去就再也爬不上来了。

啪嗒啪嗒的震动传到骨骼，醒了。有人在走近。白色的世界消失了，起毛的绿色呈现出毛茸茸的茂盛模样。这就是所谓的"毯子"，这东西可以卷成各种形状。围住四边的木箱，木头高高地垂直耸立，眼前是由球形和流线交织而成的不可思议的木纹。爬不上去。知道爬不上去，可是没法待着不动，便举起一只手，往那边蹒跚几步，又往这边蹒跚几步。

上方有个吸气吐气的声音。和自己的呼吸错开。也就是说，呼吸的来源有两个。这边吸气的时候，那边在吐气。那张呼气的嘴巴，被胡子包围的嘴巴，鼻子上面的两只眼睛，还有毛茸茸的两条胳膊。渐渐懂了，所有这些联系在一起，构成一个存在。就是那家伙给的奶。于是拼命挠墙，想去那家伙那边。

"哈哈，你想翻过柏林墙，是吧？可是墙早就没了。"说着，毛茸茸的强有力的胳膊从上面抱起这个身体，举到胡子的位置。胡子中间有块湿漉漉的红肉，那块肉随着说话声翕动着。"你想到箱子外面？你看，出来啦。怎么样？到外面有什么感想？"有一个叫作"外面"的空间，真好。不光因为在外面能喝到奶。就算肚子不饿，手也会主动挠木箱里面，渴望着外面。脖子自动伸长了，想看一眼外面的情形。活着似乎就是这样一种想到外面去的感觉。

鼻子总是有股劲儿，不断地想要往前伸。这股劲儿硬是逼着没什么力气的前脚向前推进。后脚还使不上劲。往前脚使劲，想牢牢踩住地面，结果腿"吱溜"一滑，就像从里往外推出去似的朝左右两边摊开，接着整个儿向前一摔，下巴"砰"的一声。

有着强壮胳膊的家伙每次喂奶之前都会热切地喊好几遍"克努特"，于是把想喝奶的感觉命名为"克努特"。

一旦开始喝奶，便有一股暖意形成从上往下的通路。那条通路将名为克努特的欲望拉成一条线，线的一头抵达肚子，接下来，心跳得厉害，暖暖的感觉从心脏到指尖呈放射状扩散。小腹变沉，咕噜噜叫，屁股有点儿痒。接着又睡着了。在昏睡过去之前，那片暖意所到的整个区域都是克努特。

还有，那个喂奶的有着强壮胳膊的家伙，被之后出现的新来的男人喊作"马蒂亚斯"。新来的男人一进房间就把怀里的盒子轻放在桌上，说："马蒂亚斯，我带来一个新的秤。这个秤精确到可以称量跳蚤的体重。"克努特期待着，是不是来了什么能啃或舔的东西，结果叫作"秤"的东西实在无趣。那东西又白又扁，上面放着个塑料澡盆。虽是澡盆，那只盒子却不像洗身体用的盆一样装了水。

克努特被放进装在秤上的塑料盒，把前腿搭在盒边，想出去。新来的男人慌忙把克努特的前腿塞回箱子，但这一次不光是前腿，克努特把能向任何一个角度弯曲的柔软后腿也像章鱼似的搭在盒边，抬起屁股挣扎着，试图出去。新来的男人沉着地把克努特的四肢一条条地扯下来，放回盒子，然后从上面用力一压克努特白色的背，弯下腰，从旁边观察。接着，他把克努特交还到马蒂亚斯的手中,他自己用一支会生出黑色的木棍将手指延长,在翻开的本子上喀喀地挠着。

新来的男人的手指长极了,他用棍子把手指变得更长,喀喀地做事。手指到底要长到多长他才会满足?说起来,马蒂亚斯的手指也长极了,可他在搅奶的时候会用金属棍让自己长得过头的手指进一步延长。他们是喜欢延长手指的指延长类动物。

说到动物,白天只能看见指延长类动物,不过等周围变暗了,就能听到老鼠在墙外四处蹿的声响。他们的步伐飞快,身体非常小。有一次,有个家伙跳到箱子的边缘往里看,试图越境来到克努特的世界。那家伙有张小小的茶色脸庞,脸上长着细长的胡须和两颗大牙,手上只有一层胎毛,所以能透过毛看见似乎很柔软的肌肤的粉色。这边无聊又寂寞,所以这副模样的他也让克努特高兴起来,呼吸变得粗重。大概是因为呼吸,对方害怕得缩成一团,往后摔落下去,那张可爱的小脸再也没出现过。

只有那么一次,尽管马蒂亚斯在,却有只胆大的青年老鼠现了身。"啊,老鼠!"马蒂亚斯喊道,把克努特放在地上,握着棍子扬起手,此时青年老鼠已蹿进墙上的洞不见了。正好另一个男人进来,马蒂亚斯告诉他:"克里斯蒂安,刚才有只老鼠从那个洞探头探脑。"于是知道了这个男人名叫克里斯蒂安。克里斯蒂安嘻嘻一笑,下结论:"看来关注北极熊宝宝的不只是我们人类。"指延长类把自己的种族称作人类。

克里斯蒂安每天来,反复做体检。他用秤称体重,做好记录,然后把手指伸进克努特的嘴巴使嘴张开,往嘴里看。克努特的嘴里住着嗝儿,"啊啊"地张大嘴巴,嗝儿就从嘴里出来。嗝儿带着一丝奶味,但已不再是甜美的诱惑,而是变得不舒服。

接着,克里斯蒂安把一个凉凉的东西塞进克努特的耳朵眼,掀起眼皮往眼睛里看,又扒开肛门,还逐一检查手背、指缝和指甲。"我们人类可不会每天体检。"克里斯蒂安笑道。马蒂亚斯回答:"我工作之后可是一次也没体检过。"

马蒂亚斯做的每件事都容易理解,而且惬意。喂食美味的奶。摸克努特的肚子。用手心顶着克努特的鼻尖,陪着玩。但克里斯蒂安做的事有时带来不快,首先,他做的全都是些对克努特来说毫无意义的事。如果马蒂亚斯不小心把往奶里加粉末的调羹弄掉在地上,克努特把调羹抱在怀里啃着玩,马蒂亚斯也会等一会儿,然而克里斯蒂安不让克努特碰自己带来的东西。他也不会把东西掉在地上,自个儿把工作一件件做完就走了。

尽管如此,马蒂亚斯和克里斯蒂安还是有很多相似之处。他们都有庞大的身体,手腕瘦得能看见骨头的形状。他们的手腕毛茸茸的,所以造成一种印象,人类是毛茸茸的动物,但细看之下,他们除手腕和脑袋以外都是秃的。

克里斯蒂安没有胡子,身穿白衣,这是和马蒂亚斯不同的地方,但他和马蒂亚斯的腿都裹在容易被指甲挂到的蓝色厚布里。这种布叫作牛仔裤。"你又把奶给洒了,搞脏了我的牛仔裤。"马蒂亚斯叹息道。克里斯蒂安问:"你太太会说你吗?""我的衣服是自己洗。她说,沾着动物毛发的衣服不能和孩子的衣服一起洗。""你太太真严格。""我说笑的。她当然不会讲那么过分的话。""因为她是个心胸宽广的人嘛。"

克里斯蒂安的动作迅速,但看起来并不是老鼠那种天生的敏捷,而是因为他总在焦虑,想尽快完成工作。似乎克里斯蒂安唯一不爱做的就是等待,有一次,克努特不开心了,用手钩着箱子的边缘,一直使劲,不肯去秤上,克里斯蒂安把克努特的两只前腿并拢在一起,用力抓住,于是克努特狠狠咬住克里斯蒂安的手指。克里斯蒂安喊了一声,放开克努特,摸着自己的手，用比平时高亢的声音说："啊，它咬了我！"马蒂亚斯抚慰他："王子殿下今天心情不好。没法让它乖乖听话。"说着，他摸了摸克努特的脑袋。

听到这话，总是匆匆忙忙的克里斯蒂安头一回往椅子一坐，叹了口气，他望着克努特的脸，和马蒂亚斯聊了会儿天，克努特因此得以仔细打量克里斯蒂安的脸。克里斯蒂安金色的头发剪得很短，一根根坚硬地竖着，就像马蒂亚斯刷地板的刷子。他的嘴里密密地排着上下两排又白又方的牙齿。

克努特没见过克里斯蒂安吃东西，他究竟吃些什么呢？他的皮肤光溜溜的，含有脂肪，可他的肉似乎很硬。他的嘴唇通红，不像马蒂亚斯那样长着胡子，嘴巴周围完全没有毛发。

和精力旺盛的克里斯蒂安比起来，马蒂亚斯的皮肤和头发都干得粗粗拉拉的，脸庞显得黑不溜秋，就好像肉里面没有血液在流淌。

不知从什么时候起，开始有一些马蒂亚斯和克里斯蒂安之外的人类进屋。那些人类的脸每次都不一样，散发着不同气味的男男女女进进出出。克努特从未闻过的汗味，带着粉尘的让人窒息的花香、烟味。他们让克努特沐浴在炫目的电光下，沐浴在提问之中。那种耀眼的光据说叫作闪光灯。每当沐浴着闪光灯，马蒂亚斯就像被刺痛似的眨巴眼睛，有时还把胳膊肘举到鼻子跟前，挡住脸庞。

马蒂亚斯显然不擅回答问题，有时他翕动嘴唇试图回答，却说不出话。于是克里斯蒂安像要保护他似的挺立在照相机跟前，一句接一句地回以词句。

人们叫克里斯蒂安"博士"。克努特的身体每天变得更重，肚子饿的感觉在增强，同时，大便也一天天变得更大更像样。克里斯蒂安骄傲地说出"成长"这个词，指的似乎就是这些事。

访客走后，马蒂亚斯的疲倦像是一下子涌出来。这天也同样，等最后一个人离去，克里斯蒂安也走了，他甚至忘了把克努特放回木箱，径直往地上一坐，抱着膝盖，垂着脑袋。克努特开始担心，扑过去抱住马蒂亚斯的腿，然后仔细地闻他毛茸茸覆满嘴边的胡子，还有鼻子里面和眼睛周围。"哎，你在担心我？简直像小熊在闻被撂倒的大熊的气味。我没事。我虽然被撂倒了，但那只是闪光灯而已，我不会这么容易就死掉。"说着，马蒂亚斯露出复杂的表情。

克努特日渐长大，可怜的马蒂亚斯不仅没有成长，反倒逐日萎缩。难道那些美味的奶是马蒂亚斯从自己的身体挤出的体液，克努特喝得越多，马蒂亚斯就越是不断干瘪变小？

闯进房间的访客日渐增多。马蒂亚斯明明比克里斯蒂安还高，可是访客一来，他就缩在房间的角落里，不正脸看人，蜷着身子，仿佛在努力让自己显得小些。访客们先是不断瞟向马蒂亚斯的背影，但找不到机会向他搭话，他们勤快地记录克里斯蒂安的发言，过上一会儿，他们就会毅然靠近马蒂亚斯，开始求他配合拍个照。不知为什么，他们不会只拍克里斯蒂安一个人。马蒂亚斯像是认命了，他一只手拿着奶瓶，另一只手把克努特抱到胸前，面对相机的方向。马蒂亚斯胸前的肌肉变得僵硬，肠子咕噜噜叫，手指微微颤抖，这些直接传达到克努特的身体，当马蒂亚斯的肚子咕噜噜叫，克努特的肚子也会咕噜噜地叫起来。

马蒂亚斯的眼睛似乎相当畏光，闪光灯一亮，他就频频眨眼。克努特的眸子不知道什么是耀眼，不论遭遇多么残酷的闪光灯的连发轰击，眸子仍然满载着温柔的黑暗。

最初上门的访客名叫"记者"，后来的访客的名字也叫"记者"。那之后来的人，名字仍然是"记者"。

克努特渐渐明白了，马蒂亚斯或克里斯蒂安只有一个，记者却有许多个。

不过，那个名叫"拍照"的不可思议的仪式究竟有什么含义呢？访客当中，有名记者提到阿伊努文化和萨米文化中的"围绕熊的仪式"。围绕熊的仪式，指的是不是那个叫作"拍照"的仪式？人类围着熊让闪光灯闪亮，一时间像冻僵了似的一动不动。

克里斯蒂安有一次夸赞道："我觉得其他人很难做到像你这样，住在这个房间。"马蒂亚斯干脆地回了句："如果不住在这儿，就没法每隔五个小时给克努特喂一次奶。""那你太太怎么说？我家那位啊，我一连续加班，她就要闹离婚。"

原以为马蒂亚斯一直在房间里，可是后来，他开始在克努特睡着的时候偷偷溜出去。傍晚喂过奶，等克努特睡着一段时间之后，窗外不再传来人类的声音，其他生物的声音开始熙熙攘攘。仿佛是受到那些声音的鼓励，马蒂亚斯从藏在桌子一侧的黑盒子里拿出吉他，带出门去。克努特想起来和他一道去，却被睡意牢牢地扯向另一头，睁不开眼。醒着的只有耳朵，其余部分的身体去了梦的世界。

撩拨琴弦的声音传来。听到那声音，克努特想，马蒂亚斯没走太远,于是放了心。

马蒂亚斯一回到房间,便从木箱里抱起克努特,放到外面。克努特想拿吉他当玩具,只要一次就好,可是哪儿都看不到吉他。"在你出生前,我每天下班不想马上回家,在笼子外面弹吉他。家人在家里等我。我想回去,又不想回去。你懂这种感觉吗?不懂吧?"周围有人类的时候,马蒂亚斯很少开口说话,但他和克努特单独待着的时候话很多。

克努特终于找到竖着塞在桌子一侧的吉他盒,试着用前爪拖拽。马蒂亚斯一般允许克努特碰所有东西,譬如调羹、水桶、扫帚、簸箕,可是唯有这个叫作吉他的东西被他放进硬硬的黑盒子里,绝不让克努特碰。他甚至还给盒子上了锁,不论克努特怎么费劲地把爪子和牙塞进盒盖的缝隙,想把它撬开,可就是弄不开。如果马蒂亚斯让玩吉他,克努特一定会咬住琴弦,用牙齿演奏给他听。肯定会发出好玩的声响。如果牙齿不行,那就用指甲轻轻挠拨几下。马蒂亚斯用那么寒碜的指甲拨拉几下,吉他就会响,如果用克努特强壮的指甲去弹,肯定会发出美味的声响。

克努特不记得音乐是从什么时候开始的,等音乐传入耳朵,自己早已置身于不间断的连续音节之中。

这音乐大概是从克努特出生前就开始的吧。

听着听着,克努特发现有一组听过的连续音节重复响起,心说:"啊哈。"譬如,把锅从架子拿下来的"咣咣"声,打开冰箱的"咕"的一声,把奶倒进锅里的"突突突突"声,其间还有各种乐器参与进去,"沙沙"地倒入粉末,然后"喀拉喀拉"调羹的搅拌声。用调羹"当当当"敲三下碗边的声音是收尾,这时,熊断奶餐的华彩交响曲便结束了,克努特涌出感动的唾液。这些连续音节重复多次,所以能够记住。音节有开始和结束。

克努特从许久以前就能分辨出马蒂亚斯的脚步声,每当马蒂亚斯离开房间,克努特就感到不安,老想着马蒂亚斯什么时候回来,以至于全身都化作耳朵。不知从什么时候起,马蒂亚斯开始有在外留宿的习惯。克努特觉得这真是个坏习惯。马蒂亚斯喂完傍晚最后一次奶,把克努特放进木箱,把布偶往旁边一塞让克努特睡下,然后拿着包而不是吉他,消失去了某处。他直到第二天早上才回来。

马蒂亚斯在外留宿的晚上,会有另一个男人来替他喂奶。克努特已经不是婴儿,所以由别人喂也乖乖喝下。那个男人的面颊肉嘟嘟的,很胖,他的手热乎乎的,克努特喜欢他身上散发的黄油的气味。就是说,尽管马蒂亚斯不在,肚子也饱饱的,没有任何的烦心事,可尽管如此,克努特还是会有一丝不安,而且这份不安怎么都抹不去。本来,如果有一百个人喂奶,那当然比只有一个更放心,可不知为什么,克努特就是执着于马蒂亚斯一个人,并由此产生了安全感。所以,每当早上听见马蒂亚斯来上班的脚步声,克努特顿时坐立不安,使劲挠木箱里侧。

"你啊,你这么使劲地挠,把你爸妈的照片给挠破了不是?难得我帮你贴了托斯卡和拉鲁斯的照片。这可是你爸妈。"有一天,马蒂亚斯一边念叨,一边撕下那张破碎不堪的纸片,扔进垃圾箱。克努特大吃一惊,之前从没好好看过那张照片,这会儿想看却已经晚了。原来那张纸片,那张照片,是自己的爸妈。

克里斯蒂安注意到克努特心神不定的样子,说:"它是不是没了照片觉得孤单?贴一张你抱着克努特喂奶的照片,怎么样?养父母胜似亲生父母。有没有类似圣母和幼年耶稣的照片?""你别开玩笑了。我现在晚上可以回家,家人才总算不闹了。"说着,马蒂亚斯摸了摸克努特的脑袋。在克努特听来,"家人"这个词带着相当不吉利的音调。

一到清晨，鸟儿就开始叽叽喳喳，那声音像在为黑暗淡却、太阳出现而欣喜，又像在着急还没找到早餐该怎么办，有时听起来则像是鸟儿遭到袭击逃跑时的惨叫。

也有胆大的鸟儿停在窗框上，往克努特的房间里张望。虽然都称作鸟，但他们性格迥异，只有一个共同点，就是都长着翅膀。有各种各样的鸟儿，匆匆忙忙、羽毛朴素的麻雀，让人感到沉稳和幽默的灰椋鸟，有着紫白相间的可怖脸孔的松鸦，还有不断"呵呵"感叹的鸽子等。除了这些鸟，还能听到许多声音，所以外面的世界大概到处都是鸟儿吧。为什么自己和马蒂亚斯还有老鼠没有翅膀呢？如果能在空中飞翔，首先要飞到窗口瞧瞧外面。

马蒂亚斯一来就把克努特弄出木箱。可是，等克努特开始关注屋外，就不再仅仅满足于离开木箱。克努特想到房间外面去。马蒂亚斯说："你也一天天顽皮起来了。"克努特在屋里总会关注屋外，没法老老实实地待着。因为一个劲儿地挠门，被马蒂亚斯批评了。克努特想，只要出去了，就会不再牵挂外面的情况吧。

有一个方法能让出不去的克努特觉得自己好像出去了一样。那就是侧耳倾听。耳朵能听见的世界比眼睛能看见的世界宽广得多，而且充满色彩。这也许就是克里斯蒂安所说的"音乐的美妙"。听说克里斯蒂安一到家就弹钢琴，出于兴趣。"不过，如果我弹得太久，家人就会堵住耳朵。你家呢？"克里斯蒂安问道。马蒂亚斯回答："我在家没心思弹吉他。尽管我想他们不会有意见。我喜欢一个人的时候弹。我的吉他是为了体会独自一人的感觉而弹的，所以谈不上是音乐。"

听见"家人"，克努特有种呼吸为之一滞的感觉。这是个引发不安的词，这个词预兆着很快将有不幸袭来。

鸟鸣、吉他曲，世界上有许多的音乐，其中让克努特最无法忍受的是星期天传来的教堂钟声。听见钟声"咣咣咣"地响起，克努特难受极了，蜷起身子抱着头，等那声音结束。见这副模样，克里斯蒂安说："你是异教徒吗？"他干笑几声，随即一脸正色说："日耳曼民族曾经长期崇拜熊和狼。据说，敲钟是为了赶走心中的熊。"马蒂亚斯十分怀疑地问："真的？""杂志上这么写的。"克里斯蒂安若无其事地答道，开始收拾准备离开。

马蒂亚斯和克里斯蒂安星期天的早上也来上班，克里斯蒂安飞快地做完体检回去了，马蒂亚斯也在中午走了，然后是那个有黄油气味的男人来喂奶。马蒂亚斯用一种轻松的口吻对那人说："莫里斯，剩下的就交给你了。傍晚喂奶之后就让它睡觉好了。然后就是凌晨两点最后喂一次，中间你可以回家或去别的地方。"男人听着，露出心荡神驰的微笑，注视着马蒂亚斯的脸。克努特想，他大概特别喜欢马蒂亚斯的脸。然后男人连忙点头，但他可能根本没把马蒂亚斯的话听进去。莫里斯从不在中间去别的地方。从傍晚的哺乳到凌晨两点的最后一次哺乳之间，他一直待在屋里，克努特无论什么时候醒来，他都坐在房间一角的椅子上看书。每当克努特醒了，他还会把克努特弄出木箱，一起玩摔跤。他用比马蒂亚斯慢的速度把克努特摔在地板上按住，然后不断地抚摸克努特的肚子和耳朵周围，克努特的体温因此升高。

"玩累了，运动结束。我读书给你听。你想听什么？奥斯卡·王尔德，让·热内，三岛由纪夫。我带了很多书。"下一个星期天乃至再下一个星期天，莫里斯重复念出那几个作者的名字，所以克努特只记住了名字，但等到开始念那些书，全都是惬意的摇篮曲，克努特很快睡着了。

后来就算不是星期天,马蒂亚斯也在傍晚回家,莫里斯来的日子增多了。凌晨两点半,莫里斯回去之后,开始有各种各样的声音从外面传来。就好像大家一直在等莫里斯回去,他一走就开始闹腾。偶尔还有个男人来代莫里斯,克努特不知道那人的名字。他的气味和莫里斯有点像。

听见夜晚的动静,克努特全身就像针扎似的。克努特不害怕。稍微听几声就能知道,都是些比自己弱小的动物。实力会表现在声音当中。动物们紧张地活着,一旦放松紧张就有可能死去,它们的声音传达出那种焦躁。猫头鹰连续讲着极其抽象的关于暗夜的课,但只要仔细倾听,就会发现连这种课程讲的也是在暗夜活下去的智慧。被欺负的猴子在夜晚哭泣,那哭声仿佛在讲述群居生存的动物们的残酷。老鼠的老婆在那儿碎碎念,如果加以总结,她说的似乎是"磨磨蹭蹭的就会被抓起来吃掉"。也有动物吃克努特吗?两只发情的公猫为争夺交配对象而厮打。克努特觉得不可思议,这种事找谁做都行,可他们好像不这么认为。刺猬的自言自语给人的印象是带刺而难以接近,也许表露了他那一套披着针的世界观。无论听到的是什么，在克努特竖起耳朵的过程中，好像渐渐能分辨出藏在各种声音里的微妙差异，还分辨出由这些微妙差异组合而成的就是"现在"，名叫"现在"的不可思议的空间有着仅此一次的色调。

克努特还开始听出马蒂亚斯傍晚弹的吉他曲之间的区别。最容易认出的是那首模仿几十只蜜蜂竞相飞舞的曲子，听着听着，背上就开始发痒。还有一首曲子发出几块冰片撞在一起碎掉的声音，然后是冰凉的水滴落下和飞溅。克努特听见克里斯蒂安发问，马蒂亚斯做了解释，这才知道，发痒的曲子是一个叫埃米利奥·普霍尔[1]的人作的《蜜蜂》，冰片的曲子则是曼努埃尔·德·法雅[2]的《磨坊主之舞》。克努特不知道磨坊主这个职业跳什么样的舞，但听着听着就想扭腰起舞。

克努特喜欢吉他曲，但马蒂亚斯的演奏如果拉得太长，克努特就会有些无聊，心想，不能快点弹完回

---

[1] 原文名Emilio Pujol（1886—1980），西班牙吉他演奏家、作曲家。

[2] 原文名Manuel de Fallay Matheu（1876—1946），西班牙古典音乐作曲家，《磨坊主之舞》是他的芭蕾舞剧《爱情魔法师》中的组曲。

来吗？一方面是克努特想玩，而且，本该在身旁的某人去了别处，给克努特造成一种肉体上的痛苦。因为老是过于殷切地盼着马蒂亚斯回来，所以克努特渐渐地听懂了马蒂亚斯弹奏曲子的顺序。

马蒂亚斯在最后弹的总是一首悲伤的曲子。弹完那首曲子之后，马蒂亚斯肯定会一脸满足地回来，先锁好吉他，然后抱起克努特蹭脸。难得有一次，克里斯蒂安在傍晚回来，问："好悲伤的曲子，刚才那首叫什么？"马蒂亚斯笑嘻嘻的没有作答。就是说，所谓"悲伤的曲子"，是马蒂亚斯弹完之后满脸喜色回来的曲子。克努特只要一听到这首悲伤的曲子，就知道马蒂亚斯很快要回来了，所以十分开心。

马蒂亚斯不在的时间很难熬。克努特在黎明醒来，鼻子顶着旁边一脸傻兮兮的布偶，顿时一肚子气。布偶这东西，不管你怎么推它，它绝不会推回来。如果推的是马蒂亚斯的手，他会使劲推回来，还会抓住克努特的胸口，把克努特转一圈扔出去。克里斯蒂安不和克努特玩，但如果推他，他会推回来，如果咬他，他会生气。没有任何反应的布偶真是个无聊至极的家伙！无聊，就是无可排解，是寂寞，也就是孤独。克努特问布偶，你这家伙就只是软绵绵的，一声都不吭，你活着到底有什么意思？可布偶没有回答。真是个无趣的家伙。

那么马蒂亚斯到底什么时候来呢？一旦开始琢磨这个问题，就会变得难以忍受，克努特突然醒悟：这东西就是"时间"。窗渐渐泛白，这一过程的缓慢就是时间。时间这玩意儿一旦出现，就不知道它什么时候终结。当克努特觉得自己再也无法忍受的时候，马蒂亚斯的脚步声终于接近。接着响起开门声，马蒂亚斯往箱子里看，抱起克努特，用鼻尖贴着克努特的鼻尖，问候道："早，克努特。""时间"在这一刻消失了。闻气味，喝奶，玩耍，克努特不断有事可做，忙得没法再思考时间的问题。可是在马蒂亚斯离开的瞬间，"时间"又开始了。

时间不是食物，并不是只要大口大口地吃就会消失。克努特意识到自己在时间面前的无力。时间是个孤独的块体，咬也好，挠也好，它都不为所动。克里斯蒂安总把"没时间"当作口头禅挂在嘴边，克努特真羡慕他。

马蒂亚斯好像很喜欢和克努特鼻尖贴鼻尖，但他的鼻尖干燥，克努特本能地为他担心。鼻尖干成这样，无疑是病了。如果放着不管，马蒂亚斯会死。为了逃避这份不安,克努特转开鼻子去闻马蒂亚斯的胡子的气味,胡子散发着煮鸡蛋和香肠的气味,闻着真惬意。马蒂亚斯的口腔散发着在盥洗处用的装在软管里的牙膏味,克努特不喜欢这个气味,他的眼睛散发着美味的眼屎味。克努特舔马蒂亚斯的眼睛,马蒂亚斯的脑袋往后一闪,高兴地说:"别闹。"他的头发有肥皂和香烟的气味。

马蒂亚斯眯起眼,打量了一会儿正在检查自己这张脸的克努特,然后看进克努特的眼睛里,感慨地说:"真不可思议。我刚工作的时候,因为被选上当熊的饲养员,我想学习一下,读了很多探险家写的书。有一名探险家在游记中写道,他遇到北极熊,和熊四目相对的时候,他怕得几乎昏过去。他说,他不是怕熊袭击自己,他的恐惧是因为熊的眼睛没有表现出任何反应。人类一直相信,狼的眼睛会呈现敌意,自己养的狗的眼睛会呈现爱。可是当遇到北极熊的视线,发现它的眼中完全没有映出自己的存在,人就愕然了。空镜子。那眼神仿佛在说,人类等于不存在。人因此受了打击。我以前也想过,想见识一次那种眼神。但你显然在注视人类。希望你不要因此变得不幸。"

马蒂亚斯说着,眉间聚起川字纹,再一次看进克努特的眼睛里，像要挖掘什么。克努特想玩摔跤，用双手抓住化身哲学家的无趣的马蒂亚斯。

有一天，克里斯蒂安像平时一样给克努特称完体重，然后做了件他不常做的事：把克努特放在地上，张开右手举在克努特的鼻子跟前。克努特高兴地扑了过去。克里斯蒂安和克努特推搡了一会儿，用双手把克努特放回原位。接着，他又把右手一举。克努特死死盯着那只手，心里说：就是现在！念头闪过的同时，克努特飞身上前。克里斯蒂安发出极为兴奋的声音："果然没错！"马蒂亚斯的表情就像被熊给魅住了似的，"到底怎么了？""我想着要让手往右，比我的想法早么一瞬间，克努特往那个方向动了。就是说，它比人类先知道对方心里的想法。""怎么可能有这种事？""是真的，你试一下。""不急着现在试。""这是个了不起的发现。脑科学杂志上写着这方面的内容，所以我想试试看。克努特应该当足球队的教练。它会比对手先知道他们要采取的动作，会赢得下次的世界杯。""你说什么哪，克努特好像不大喜欢足球，你不要硬是让它当教练。""你怎么知道它不喜欢？""电视上放拳击或摔跤的时候，它会盯着看，但足球它是不看的。""哈哈，那你喜欢看的言情剧呢？""它看得津津有味。""我觉得，这都是受到你这个当妈妈的影响。""我不是爸爸是妈妈？""没错。不管怎么看，你都是一位男性化的母亲。不对，是充满母性的男性。"

马蒂亚斯把一台鼠灰色的电视机放进屋里，经常看那东西。克努特没办法，陪着看，足球就只是一群蚂蚁般的小东西在动，很无趣。克努特喜欢看的是摔跤。克努特还喜欢看有许多女人的连续剧，但因为常有女人一脸悲伤，看久了就烦了。最近看过的，男友对女人说："我不能再到你这儿来了。"他说完"砰"地关了门，走到停着许多车辆的街上，被他抛下的长发女人独自在厨房里哭。厨房里放着一串似乎很好吃的香蕉。据说那个男的有老婆孩子在外地。马蒂亚斯看得专心，连眨眼都忘了。克努特不知怎的想哭。如果马蒂亚斯有一天说"我不能再到你这儿来了"，克努特该怎么办呢？马蒂亚斯会不会也在遥远的外地藏着老婆孩子呢？

克努特喝的奶逐渐增添了固态食物，马蒂亚斯准备食物的时间也逐渐加长。马蒂亚斯说："我在忙，抱歉，你自己看电视。"但克努特做不到自己看电视。和马蒂亚斯一起看的时候，拳击手的不甘心、女人的悲伤，都会透过马蒂亚斯的身体传来，所以才有意思，如果克努特自个儿看，电视不过是一只闪烁着光的无趣盒子。克努特只能通过活人理解电视的有趣之处，要是能关掉电视，马蒂亚斯亲自和克努特玩摔跤，那会有趣得多。有趣的仅仅是"活物"。就连那只小老鼠都比电视有趣。松鼠也有趣。

克努特长高了很多，用前腿搭着木箱的内壁站起来，就能瞧见松鼠爬上窗外的核桃树。鸟和松鼠的身体那么轻盈，为什么只有克努特肥肥的，而且动作缓慢呢？克努特真想爬上墙壁，看看窗外。

每当马蒂亚斯站那儿忙着做食物，克努特就想顺着他的腿爬上去，闻他的胡子的味道。马蒂亚斯的腿长极了，只要他站着开始弄食物，胡子简直像冲到树顶上的松鼠，克努特完全够不到，所以相当无聊。做食物的时间一天天变得更长。等饭的时间里，克努特感到自己的胃乃至胸膛和脑袋都变得空空荡荡。"再过一会儿就好。你乖乖等着。我给你放了好多对健康有好处的食物。"马蒂亚斯把核桃碾碎，压榨橙子，煮燕麦片，然后把这些和罐头的内容混在一起，再倒入核桃油搅拌。

有一次，马蒂亚斯的手一滑，印着猫照片的罐头掉在地上，里面的食物撒了一地。克努特立即用舌头当抹布，把地板舔得干干净净，大大地满足了一把。

打那以后,克努特心想,其实只要打开猫罐头直接给自己吃就好了嘛。克努特搞不懂,为什么要把那么多"对健康有好处的食物"又是碾又是榨又是切又是混。

克努特听克里斯蒂安对记者们解释过,所以知道,对北极的生物来说,脂肪是头等大事。但这里是柏林。虽然人们说现在是冬天,却相当炎热,难以相信会需要皮下脂肪。

克里斯蒂安还说,新鲜的海豹的血和肉不仅含有脂肪,还包含维生素等营养。当时有女记者问:"克努特吃怎样的食物?"克里斯蒂安答道:"理想的食物是海豹肉,我们当然没法喂它海豹肉,所以喂牛肉。不光是肉,里面还混有蔬菜、水果、坚果、谷物等。"听到这番话,一名戴眼镜的年轻男记者问:"听说克努特吃的是美国的亿万富豪常买的每罐一百美元的猫罐头,真的吗?"克里斯蒂安冷冷地回应:"哈哈,难道你有亲戚是美国的亿万富翁?我还是第一次听说这种话,不过,流言这东西真是富于创造性。前东德的左派们不是还有这样的传言吗?说其实克努特最喜欢施普雷瓦尔德泡菜[1]。"

1　施普雷瓦尔德出产德国最好的酸黄瓜,原属前东德。

有一天，马蒂亚斯和克里斯蒂安收到了陌生人送的印着熊头的围裙。说是熊，其实是黑乎乎怪模怪样的熊，脖子上系着白领子[1]。他俩系上一模一样的围裙之后，身体动作马上变得相像，那一整天，他俩都在开开心心地把材料碾碎、磨粉和混合。克努特双手抱头，叹着气等他们弄好食物。

克努特一直想尽情地吃外面小店卖的烤香肠。马蒂亚斯不太把自己的食物放在心上，他有时像是突然回过神似的叫道："啊，肚子好饿。"然后他跑到外面买回来的就是那种香肠。克努特想要香肠，马蒂亚斯说："不行啊，你不能吃这种垃圾食物。你是王子殿下嘛。"然而克努特抱住坐在椅子上的马蒂亚斯的腿，拼命往他膝盖上爬。马蒂亚斯挥着胳膊，让香肠远离王子殿下的鼻尖，最后还是败下阵，献上一整根香肠。克努特没怎么嚼就大口大口地吞了下去。

有一天，克里斯蒂安看着体重计的读数，用高亢的声音说："亮相的日子很快就要到来了！"马蒂亚斯的神色随之一沉。克里斯蒂安像要鼓励他似的补充道：

---

1 黑熊胸前有月牙形白毛，又称月牙熊。

"我觉得，只要克努特健康地跑来跑去的形象出现在电视上，会成为停止地球温室化的大好宣传。如果温室化按现在的状况继续，北极的冰将会融化，再过五十年，北极熊就会减到现在的三分之一。"马蒂亚斯还是没接话，克里斯蒂安大概感到泄气，又对克努特说："亮相那天，你会坐着垫有毛毯的雪橇出现在华丽的舞台中央。我想全国人民都会高兴的。你能像丹麦王子那样优雅地朝国民挥手致意吗？"克里斯蒂安抓住克努特的右手，举起来挥动，克努特轻轻地咬住他。"哈哈，你虽然戴着白手套，但还做不到王室的礼仪。你可不许咬大使。"

克努特无从想象，"亮相"到底是一种新的食物还是玩具。到了那天早上，大家的脸都显得亮堂，带着不安，漾出迄今为止没有过的氛围，克努特想，亮相的日子终于来了。

马蒂亚斯穿着平时的衣服，在平时上班的时间出现，只是呼吸急促。克里斯蒂安穿了件白西装，带来一个叫罗莎的女化妆师。罗莎一看到克努特，就拉长了甜甜的嗓音说："好小哟，像个布偶。"克里斯蒂安一听便用愤慨的声音抗议："根本不小。它生下来的时候只有八百零十克，在保育箱里待了整整四十四天。它现在都长这么大了。你竟然说它小。"罗莎慌了神,立即附和道:"抱歉,真是一只又大又神气的熊。"她用湿棉花擦掉克努特嘴边的口水和眼屎。但她竟然说克努特像布偶,真是极大的侮辱。

罗莎的屁股周围散发着很好闻的气味,可她的胳肢窝抹了奇怪的药,克努特忍不住打了喷嚏,赶紧逃到马蒂亚斯的身后藏起来,马蒂亚斯露出一丝微笑。

罗莎把脸凑近克努特,鼓励似的说:"德国正在寻找明星。"克努特看过叫这个名字的电视节目。是个讨厌的节目,一些感觉不靠谱的人陆续上台唱歌,评委给出意见,诸如"差劲"或"缺乏才能"。每次和马蒂亚斯看这个节目,克努特总会想,自己可不愿意上这种节目。难道今天的首演和那个节目有什么关系?不会要上那个节目吧?不知怎么就开始有点担心。

也许是因为罗莎在,今天的克里斯蒂安散发出好闻的气味,马蒂亚斯却流着难闻的汗。克努特想,克里斯蒂安大概想和罗莎"配对"。但是记得克里斯蒂安昨天说过:"每天看北极熊,觉得瘦女人显得寒碜,完全感觉不到性感。"罗莎非常瘦,有着纤细的手腕和脚踝,如果让灰椋鸟看见她的手腕脚踝,会啄了吃,这么瘦骨嶙峋的对象,克里斯蒂安不介意吗?

"我听说，你的办公室在火烈鸟的隔壁。"罗莎用甜甜的嗓音打开话题，克里斯蒂安马上一脸喜色，大大咧咧地说："原来你知道啊。大概因为在它们隔壁，我有时会用一条腿站着工作。你下次来玩吧？"克里斯蒂安的舌头为什么动得如此顺畅呢？克努特的舌头总让自己吃苦头。还有一次，克努特想从深盘子喝水，结果舌头卡在喉咙中间噎住了，呼吸困难。那次是克里斯蒂安把克努特倒过来捶背，克努特这才恢复了呼吸，差点死于自己的舌头。

看来罗莎的性格像麻雀，没法闭口不吭声，就在沉默终于即将到来时，她用黏稠的声音说："媽媽[1]生病，是因为你后来只爱克努特一个吧？"克里斯蒂安摆出得意的神色，以一种奇异的自信挺胸声称："才不是。媽媽生病不是因为失宠。至于我，我的真命天女不是熊，当然还是人类。"说完，他眨了一只眼睛。只眨一只眼睛是怎么做到的呢？还有，这个动作有什么用处呢？那个叫"媽媽"的又是谁呢？

马蒂亚斯背对罗莎，抱起克努特，一脸认真地低

---

[1] 中国租借给德国柏林动物园的大熊猫媽媽在2007年3月因急性肠梗阻而死亡，时年二十二岁。媽媽的死亡发生在克努特公开亮相后第三天。——编注

语:"你好好练过唱歌了吗? 会跳舞了吗? 马上就要亮相啦。"听到"歌"和"舞",克努特心头一震。怎么办? 什么都没练过。自己怎么这么傻。每当听到《磨坊主之舞》的曲子,腰部就有种想跳舞的感觉,却总是动也不动地睡了过去。每次听到鸟鸣,也想过要发出更丰富的声音,但又怕被鸟耻笑而没做练习。因为比起高声练习唱歌,沉默显得更有派头。可是,不做任何练习,装得有模有样,这不是最差劲的吗? 克努特没有掌握任何特技,贪图食物和睡眠,就这样一直过到了今天。没练过任何才艺就迎来了亮相的日子。"你什么都不会。真是的。我在你这样的年纪啊——"究竟是在什么时候的梦里听到那番教诲呢?

克努特当时没有认真聆听教诲。面前站着很老很老的巨大的雪女王,克努特看得出神,怔怔发呆。她的身体有马蒂亚斯的十倍那么大,雪原在她背后绵延成漫无际涯的白。她裹着让人目眩的雪白毛皮。克努特心驰神往地呆看她的模样,她的教诲完全没进大脑。等发现雪女王即将消失在暴风雪中,克努特慌忙问她:"你是什么动物?"对方愕然道:"你啊,你真是无知。而且你没掌握任何一项才艺。你什么都不懂,什么都不会。就连自行车也不会骑。你唯一的优点就是可爱，整天看电视。"她越说越起劲，差点咳了起来。马蒂亚斯和克里斯蒂安都没说过自己"没掌握才艺"，克努特吃了一惊，老老实实地问："可是，骑自行车做什么呢？才艺指什么？""才艺是艺术。指的是艺术当中尤其能让观看的人高兴的那些。""可就算不做什么，看的人也会高兴。""你真不行。难以想象你是我的子孙。只因为你是个健康的男孩就被人们爱，这实在让我害臊。我害臊得都想找个洞钻进去，哪怕这会儿不是冬眠期。你什么都不做，打算怎样？你住在宫殿里。家世也不错。当然了，人类也许只因为是伟人的孙子就能当上公司老总或大臣。但北极熊的世界不允许发生这种事。"

克努特突然想起那个梦，更加心神不宁。亮相指的是第一次把才艺呈现给观众的日子。想必后悔指的就是这种心情吧。马蒂亚斯为什么不早些教克努特唱歌跳舞？马蒂亚斯自己倒是每天练吉他，他肯定打算今天露一手吉他，一个人博得观众的喝彩。没有一技之长的克努特只好在旁边吮手指。马蒂亚斯真狡猾。

化妆师罗莎凑过去看低着头的马蒂亚斯的脸，"你们几个要怎么化妆？如果是在电视摄影棚，上台的男人都要扑粉，不过今天是野外摄影，不在棚里拍，我觉得扑不扑都可以。"说着,她簌簌地抖了些粉。马蒂亚斯一声不吭地转过去背对她。罗莎立即不理会他,又用不合时宜的甜腻声音问克里斯蒂安:"你呢?"克里斯蒂安把脸颊往她面前一探,答道:"帮我弄点。顺便帮克努特也扑点粉。大家都以为它是白的,可就像你看见的,它的脸都脏成了灰色。"

罗莎一边往克里斯蒂安光溜溜的皮肤上"啪啪"地扑着粉,一边说:"据说今天来采访的媒体人数差不多等于G8峰会的平均状态。"听到她的话,"峰"这个词的发音又高又尖锐的感觉让克努特害怕起来,于是冲进柜子背后,紧贴着最里面的一堵墙。克里斯蒂安飞快地起身,把长长的胳膊伸进柜子背后,轻而易举地把克努特拽出来。"哎呀,我们的明星变成抹布了。"说着,他从克努特的侧腹掸掉灰尘。

这时,有几个心急的采访者闯进房间,想拍摄上场前的马蒂亚斯。"不是说好不进这个房间的吗?"马蒂亚斯抱怨着,每逢闪光灯一闪,他就用手肘挡住脸。克努特完全不畏光,所以冷静地回望相机镜头。克努特宛如熟透醋栗的黑眸看不出聚焦在哪里,摄影师被那双眸子从正面一望,像是因此受到冲击,整个人登时僵住了。

摄影师过了一会儿才回过神，问："克努特知道自己是明星吗？"这话惹恼了克里斯蒂安，他干脆地否定："不可能。"另一名摄影师噘起嘴回了句："可是你看，它在摆姿势。""你会这样想，仅仅是因为你把自己的想法擅自投射在它身上，克努特绝不会摆姿势。北极熊基本不会关注人类。""但它关注马蒂亚斯吧？""马蒂亚斯不是普通人。对克努特来说，他是母亲。""是不是只要拿着奶瓶，随便谁都会被当成母亲？""绝没有这种事。"克里斯蒂安开始向记者们讲述一个叫苏珊娜的女人的故事。

苏珊娜在南部德国的一家动物园用奶瓶喂养一只名叫扬的北极熊。扬的体重超过五十公斤后，苏珊娜在陪扬玩的时候被挠伤了，胳膊开了一道深深的口子。扬并不是存心的，它还是个孩子，玩起来很快就忘了人类的皮肤有多脆弱。苏珊娜本人完全不在意受伤的事，但保险公司和动物园不准她再和扬接触。苏珊娜极度伤心，辞去工作，同她高中时代暗恋的男性结婚，对方其实一直喜欢苏珊娜。四年后，苏珊娜生下一个女孩，她推着女儿坐的童车去了动物园。当她来到北极熊的笼子附近，远远地望见自己养大的扬。扬的身躯已经大到让人认不出，但她一看脸就知道，那是扬。

苏珊娜当场动弹不得。扬还是只小奶熊的情形逐一浮现在她的心头，它软绵绵不稳当的身体的重量，它的嘴巴含住奶瓶的力道，它的温暖，它的表情的变化，眼眸的闪亮。回忆让她没法离开那个地方。就在这时，她的后背感觉到一股强烈的春风。风掀起苏珊娜的气味，送到扬的身旁。扬突然抽动鼻子，露出极度兴奋的样子向这边跑来，直到悬崖的边缘。接着，它把鼻子尽可能地往前伸，久久地闻着风的味道。北极熊是近视眼[1]，所以它可能看不见苏珊娜的脸，但它记得她的气味。罗莎听着克里斯蒂安的讲述，用手绢抹去眼泪。

克里斯蒂安刚说完，房间外面人声鼎沸，罗莎不知怎的慌忙出去了，接着进来的是克努特见过一次的被称作"园长"的男人。他穿着西装，陪着一个长得像熊的男人进了屋，跟克里斯蒂安以及马蒂亚斯握手。

园长看了看表："公开时间从十点半开始，两个小时。然后是记者见面会，对吧？"他说着环顾房间，问道："咦，我们的防止地球温室化大使在哪儿呢？"马蒂亚斯缓缓走到柜子旁边，朝柜子背后看

---

[1] 黑熊的视力较弱，北极熊的视力并不弱，与人类相当。

去，仿佛自言自语地说："克努特，出来。"克努特不愿出来，更用力地把屁股贴在墙上。马蒂亚斯心不在焉地解释："它好像处于紧张状态，先让它就这么待着吧。"

园长嘎吱嘎吱地踩着地板走来，往柜子背后看。克努特抬头看他，只见他的鼻孔里长着黑森森的毛，克努特感到一种威胁。原来外面的空气脏到这个地步，如果不长那样的毛，就会把脏东西从鼻子吸进去。

园长像是没有意识到克努特在看他的鼻毛，以绅士的风度对克努特说："我为你感到相当自豪。你肩负着我们动物园的命运。"长得像熊的男人小心地朝柜子背后看进来，等瞧见克努特，他微笑起来，一脸褶皱地发表感想："真让人惊讶。是个这么可爱的小家伙，和我家孩子有一拼。"

克里斯蒂安挤进柜子背后，随随便便地把克努特往上一举，让克努特在两位访客的视线高度转了一百八十度。接着又说："啊，耳朵里面脏。"克里斯蒂安从衣兜里拿出一块蓝手帕，飞快地伸进克努特的耳朵。克努特拧过身子，想给克里斯蒂安一巴掌，但克里斯蒂安的脑袋往后一缩，兴高采烈地说："我最擅长躲耳光,因为经常和老婆练手。"

"请让我们拍一下环境大臣和环境大使握手的镜头。"有个声音说。克里斯蒂安牢牢地抓住克努特的一只手递出去,长得像熊的男人小心地握住那只手,微微一笑。闪光灯强烈地闪了许多次。

"一切就绪。《纽约时报》的记者也到了。还有记者从埃及、南非、哥伦比亚、新西兰、澳大利亚和日本过来。"门口传来一个年轻男人兴奋的声音,那两人嘎吱嘎吱地走了出去。举着相机的人类有一半跟在他们身后,剩下的一半留在屋里,继续闪动闪光灯。

马蒂亚斯把双手举在头上,眼睛盯着地板,猛烈地左右摇头:"非常抱歉,请你们都出去。要是克努特太过紧张,虽然今天是头一回去那片练习场,说不定它也不愿意放松玩耍。"马蒂亚斯的声音低微发颤。为什么其他男人都大声说话,仿佛在吼叫,只有马蒂亚斯的声音总是微弱呢?还有,练习场是个什么地方?总之能去某个地方。光是这个念头就让克努特一阵兴奋。

"那就祈祷今天幸运。"记者们说,他们在走出房间的时候各自做了些怪动作,有的把大拇指屈向掌心,用另外四根手指用力握住,有的对着肩膀后方做出吐唾沫的样子。[1]

屋里一下子寂然无声。克里斯蒂安问："你太太和孩子来了吗？"马蒂亚斯依旧低着的脑袋摇了摇。克努特莫名地松了口气。

克里斯蒂安拍了拍马蒂亚斯的肩，后者用毯子包住克努特抱起来。他们走出房间，来到建筑物的外面，吸进各个地方残存的一丝丝陌生动物的气味，然后走进另一栋建筑物，进入陌生的后台，马蒂亚斯仿佛目眩似的从后台向外眺望，克努特便也伸长脖子，但只瞧见岩石，远景一派朦胧。克努特听见许多声音，远处的确聚集着观众。

马蒂亚斯用毯子做出雪橇的形状，让克努特坐在上面，然后拉着雪橇走了出去。克努特开心极了，忘了观众的存在，也忘了自己没有一技之长的事。克努特被拖着来到用岩石做成的景致开阔的游乐场，欢呼声从远处一齐响起。发出欢呼声的是人类，他们站成一排，好像一堵墙，对近视眼的克努特来说，人们的距离太远，看不清一张张脸。

马蒂亚斯轻轻地把克努特按倒在毯子上，用一只

1　德国人祈求好运的动作。——编注

手按住，抚摸克努特的肚子。克努特更开心了，一翻身跳起来，扑到马蒂亚斯的胳膊上。这样反复了好几次，有那么一次势头过猛，指甲挂了一下，马蒂亚斯的手背出了点血，但马蒂亚斯没有像平时一样喊"好痛！"，而是竭力继续玩。克努特想起扬弄伤苏珊娜导致两个人不得不分开的故事，感到不安，不过当马蒂亚斯用毯子把克努特一圈圈地裹起来，克努特开始专心地挣脱毯子，立即把不安抛到九霄云外。观众当中响起一个叫声："哇，简直像夹着香肠的可颂。"变成香肠可不行！敌人是毯子，克努特早就研究过对毯子的战略。克努特一脚踢飞毯子，咬住它，勇敢地战斗。可是马蒂亚斯给了毯子支援，毯子本来已精疲力竭地告饶，他又把它卷过来，以至于克努特很难取得胜利。

克努特终于从毛毯中脱身出去，这时前腿一时不稳，摔了一跤，向前滚了一骨碌。此时响起迄今为止最盛大的欢呼声。骨碌碌打滚的瞬间，外面的世界齐齐喊"哇"，欢声雷动。心中灵光一闪，扮演丑角他无师自通，那也许是沉睡在克努特遗传因子中的能力。

第二天，园长捧着一摞堆成小山的报纸走进屋里。"结果昨天来了五百多个记者。哈哈哈。环境大臣也吃了一惊。真没想到受到这么大的关注。"

克里斯蒂安今天休息。马蒂亚斯一言不发,腼腆地低着头。他像是累了,等园长走出房间,他用克努特的毯子裹住身体,蜷着身子躺倒在房间的角落。克努特认定毯子被拿走是开始玩摔跤的信号,欢欣鼓舞地朝马蒂亚斯扑过去。但即便克努特张大嘴巴咬马蒂亚斯的手腕,或是挠他,他都没有任何反应。克努特渐渐开始担心,把鼻尖伸进马蒂亚斯的胡子,想确认他是否还在呼吸。这时终于听见一个声音:"我没事,我还没死。"

这一天,克努特又和马蒂亚斯一起去了练习场,玩了两个小时给人看。观众们远远地排成一堵墙,他们多次欢声鼎沸,但因为有栏杆和沟渠,他们没有靠近。那群可怜人,他们被关在那头的世界,没法来这边一起玩。唯有他们的愿望乘着风切实地传来:想摸克努特,想更近地看克努特,如果可能,想紧紧抱住克努特。

只要摆出某个姿势,观众就会"哇"地兴奋起来。不知道是为什么。第二天和接下来的一天都玩了,克努特在玩的过程中一点点发现了摆什么样的姿势会让观众兴奋。但每当观众叫得太大声,耳朵会疼,挺烦的，所以克努特掌握了诀窍，一点点煽动观众，然后在即将抵达最高点的时候把他们拉回来。当这样操作潮水般漂浮在空中的能量的起落，感觉如同无所不能，很痛快。

一天早上，天还黑着，马蒂亚斯穿了件新上衣来了，呼吸急促地说："克努特，从今天起，我们可以每天早上到园里散步。"克努特不晓得散步是什么游戏，马蒂亚斯打开门，克努特啪嗒啪嗒地迈开步子，追上去，到了一个不是练习场的地方。好几种陌生的气味从四面八方涌来，不见其他人走过。

铁丝网的那头有几只小鸟匆忙地飞来飞去，他们的上衣有着蛋黄一样嫩唧唧的颜色。克努特认得他们的声音，这是第一次看到他们的长相。原来那股偶尔乘风而来的香气属于这些住在附近的鸟。麻雀在笼子跟前啄着什么。麻雀可以自由地去任何地方，那些笼中的美丽鸟儿却没有自由。

"住在这边的鸟来自非洲。怎么样，漂亮吧？在一年到头盛开着红色黄色花朵的美丽国度，穿艳丽的衣服反而不显眼。一旦建起工厂，人们就会想穿灰衣服。"

看着那些鸟，克努特发现只有自己的颜色不合时宜，心生羞愧。仔细一想，马蒂亚斯和克里斯蒂安虽然不像这些鸟一样华丽，但他们常穿着蓝色、绿色、茶色等颜色的衣服，只有内衣是白的。克努特只穿着白色，就等于只穿着内衣，所以鸟群才不搭理克努特吧。克努特想穿茶色毛衣，想穿牛仔裤。

鸟儿们在唱歌。也许是被害妄想，听起来他们似乎在唱："阿熊，阿熊，穿着内衣散步。"克努特当场试着摔了一跤。身上沾了沙子，胳膊、肩膀和肚子两侧带了点儿茶色。克努特又摔了一次，把后背蹭了蹭。背上正好发痒，感觉不错。马蒂亚斯回头一看，慌忙说："哎，你这是干吗？"他抱起克努特，"都弄脏了。你又没去过河马那儿，这是从哪儿学的？滚一身泥。真奇怪。"

栏杆的那头能够遥遥望见克努特熟悉的岩石。"喏，那是你经常在那儿玩的练习场。"一直被自己踩在脚下的岩石如今在那一头。克努特扶住栏杆。游客的欢呼声回响在耳际。自己现在正从相反的一侧眺望平日玩耍的地方。相反的一侧指什么呢？脑浆在脑袋里转了一百八十度，视线焦点像鸟儿般飞上半空。仰望的过程中，周遭的世界似乎有些变化。对啊，克努特一直从半空眺望,如今不过是来到相反的一侧,用不着慌神。"克努特,你在看什么?难道在找北极星?已经是早上了,不管你怎么看,天上就只有太阳。走了。"

克努特沿着栏杆走去,路边开始出现用木桩和稻草做的栅栏,栅栏背后是铁丝网,再往后是草地,几只白狗围成一圈,在草地上休息。他们的脸有着贵族般的纤细轮廓,四肢瘦骨嶙峋,看起来一点儿也不强悍。他们同样是穿着内衣的一族。"过来这边能看得更清楚,来自加拿大的狼群。"马蒂亚斯招了招手,克努特走到玻璃墙跟前。

一看到克努特的身影,其中看起来最强壮的公狼皱起鼻了露出皱纹,低吼着露出白齿,起身走来。听到公狼的吼声,本来躺在旁边的母狼们齐声咆哮,跟在他的斜后方。接着,周围的狼也陆续起来,成三角形编队往这边靠近。看上去就仿佛几匹狼团结成一匹动物。这一来,就算单只狼不够强,也能从四面八方扑向敌人咬住对方吧。克努特一寒,钻进旁边的马蒂亚斯的双腿之间,蜷起身子。"没事,玻璃墙那头有条深沟。狼过不来的。"狼群在沟边停住了。"克努特,原来你怕狼啊。我理解你的心情。因为狼很团结。它们总是成群行动，严格区分内部和外部，一旦有外来者进入，它们会把对方杀掉。所以它们才会摆出那样的态度，其实并没有恶意。你们北极熊总是独来独往，大概体会不了它们的心态。"

往前再走几步，眼前是一片巨大的岩石区域，住客不在。"住在那里的是黑熊，它没出来。大概因为倒时差，还在睡。它是亚洲熊。那边是马来熊。马来西亚也是个亚洲国家。"

就是说，有美丽鸟儿的地方是非洲，有熊的地方是亚洲，中间有狼的危险地区叫作加拿大。

回到房间，克努特的肚子饿扁了，整张脸埋进碗里吃得如痴如醉，结果吃太快，呛到了。"喂，你要好好嚼一下。"马蒂亚斯说要嚼一下，但克努特的食物中没什么需要嚼的东西。也许养育克努特的人们认为，只要让克努特不断吃下容易消化的食物，身体尽快长大，就再也不用担心会死掉。不仅是北极熊，所有的熊在出生的时候都小得惊人。克里斯蒂安说，熊妈妈在冬眠，所以生下小个儿的幼崽是明智的做法。尽管如此，人们对克努特生下来很小一直抱有焦虑，即便克里斯蒂安强调克努特的体重每天持续增长多少，仍不断有人问："听说北极熊的幼崽很难养活,是不是现在仍然有很大的死亡风险?"克里斯蒂安被问到同样的问题总是干脆地回答:"不,已经完全没有死亡的风险。"他的回答让克努特放了心。"无论从什么样的观点看都没有风险了吗?""没有。""死亡的概率为零?"总觉得记者们像在暗自期待克努特死掉。"当然不是说为零。毕竟我们也不知道自己什么时候会死,是吧?"克里斯蒂安回答时显得有些焦躁。

"克努特没有死,完全是个奇迹。"园长来屋里和克里斯蒂安谈话时也曾感慨地说。这样啊,原来没死是个奇迹。克努特觉得就像后脑勺被人"砰"地砸了一下。克里斯蒂安稍微点头,又说:"不过,没想到被人类养大的北极熊的数目还不少。我最近查了一下,仅在德国,这二十五年间就有大概七十头。"园长干咳一声,仿佛演讲般说:"我们没必要把这一类统计数字告诉记者。还有其他熊走过相似的命运,但只有克努特引起骚动,这不是偶然。就好像传说有很多人死而复生,但只有耶稣引起骚动。就是说,克努特降生在特殊的星辰下。它生来就背负着义务,要成为人们的希望的象征。"

每当说出"开园前的散步",马蒂亚斯总显得格外开心。开园，指的是某处有一扇门，那扇门打开了，无关的人们来到动物园，也就是工作人员以外的人们，不像马蒂亚斯、克里斯蒂安、园长和克努特这样在动物园工作的人。更准确地说，受开园时间控制的只有人类，麻雀、乌鸦、老鼠、猫和其他动物都不按开园时间自由出入。

因为想看克努特的人络绎不绝，所以动物园正式决定，每天留出一段时间让克努特在练习场玩耍，并且定在开园后的两小时内。克里斯蒂安讽刺地把这段时间叫作"秀"。

记者们似乎把这段时间称作"自由活动"，克里斯蒂安苦笑着对马蒂亚斯说："自由活动的人，就是那些白天从事劳动、晚上被监禁的犯人。他们的自由时间是劳动时间。'秀'这个说法相对还好些吧。"

"秀"很好玩，但是学不到东西。相比之下，开园前和马蒂亚斯两个人一起享受的散步能学到很多。当然，动物园这地方极其巨大，有许多生物，克努特仅仅从他们跟前经过，没说过话。长颈鹿和大象不过是在远景中缓缓摇摆着走过的身影。老虎是在绿色的庭院机械地来回走动的机器动物，右，左，右，左。海豹油亮发黑，有魅力地闪着光。看见海豹，克努特差点从栅栏底下钻过去扑到海豹的身上。马蒂亚斯在千钧一发之际拉住了克努特，之后就没再带克努特去过海豹那里。还有些动物和人类像极了。

当克努特已经完全习惯早晨的散步，园长在克里斯蒂安过来的时间来到房间，和他商量："有许多记者纷纷申请拍摄早上的散步，怎么办？"园长还说："多亏了你们，克努特才会这么频繁地见报。还有人建了专门报道克努特的网站。不过，没有新鲜事就没有新闻。所以我打算炒作一下，譬如下周是克努特的散步，再下周是克努特的游泳课。"马蒂亚斯咽了口唾沫，低着头。克里斯蒂安仿佛要护着马蒂亚斯似的走上前，"请您向媒体那边提出，再等一段时间。如果克努特在散步的过程中因为相机而受惊，掉进棕熊的壕沟，那就糟了。还有，如果狂热的粉丝知道了早上散步的事，在开园前翻墙进来怎么办？狂热的粉丝是可怕的存在。搞不好，克努特也会像约翰·列侬一样……"听到这里，园长在鼻子跟前挥了挥左手，像在说"我知道了"，然后出了房间。

出去散步，每天都能认识新的种族。有个家伙身穿贴身的鲜艳高尔夫球衫,坐在树上。马蒂亚斯说:"你和马来熊说几句话。"马来熊看上去并不装模作样,似乎也不残酷,于是克努特战战兢兢地开口:"今天也挺热。"结果马来熊毫不迟疑地回答:"不热,挺冷。"克努特回应道:"你穿得那么单薄才会冷嘛。你看克努特穿的毛衣,不错吧。"马来熊笑得满脸皱纹,调侃道:"原来你叫你自己克努特?哈哈哈。第三人称的熊。真好玩。或者说,你还是个宝宝?"克努特气坏了,决定无论如何都不再和马来熊讲话。用克努特来称呼克努特有什么不对嘛。可是,对于别人说的一些话,克努特只要开始介意,就会一门心思在同一件事上打转。

克努特重新竖着耳朵听了马蒂亚斯和克里斯蒂安的谈话,马蒂亚斯确实不用"马蒂亚斯"喊自己。"马蒂亚斯"是其他人喊马蒂亚斯的时候用的词,他本人不用。克努特迄今为止都没有注意到,这真是个不可思议的现象。那要怎么称呼自己呢?克努特仔细一听,原来说的是"我"。而且让人惊讶的是,克里斯蒂安也用"我"称呼自己。大家都用"我"称呼自己,竟然不会搞混。

第二天去散步的时候,马来熊还在后面的洞里盖着毯子睡觉,他的邻居黑熊出了洞待在石头上。克努特想立即用一下"我"这个词,便咳嗽一声引起对方的注意,然后说:"我是克努特。"黑熊的小眼睛往这边定睛一望,叫道:"卡哇伊!"

"卡哇伊"这个词,主要是那些纤细的年轻雌性人类使用的,想不到岩石般的黑熊竟然也用这个词。"那是什么语言?""是我祖母出生的一个名叫佐世保[1]的国度讲的语言。不过在这儿也常听到。""什么意思?""意思是,可爱得想拿过来吃掉。"

听到这句话,我慌忙离开了那个地方。我可不想被黑熊吃掉。马蒂亚斯似乎听不懂动物的语言,他慢腾腾地跟在我身后,"喂,克努特,你怎么了?你别那么着急。对了,你觉不觉得黑熊该把领子送去洗一下?挺脏的吧。不过说到清洗,应该先把你整个儿放进洗衣机。你为什么要在沙土里滚来滚去?是想弄上保护色吗?因为柏林的冬天是灰色的?北极的冬天洁白又美丽吧。"他说着笑了。

不过,卡哇伊得想拿过来吃掉,究竟是什么意思呢?难道在那家伙的故乡佐世保国有吃卡哇伊东西的习惯?看到美味的食物,我不会觉得卡哇伊。对我来

---

[1] 佐世保位于日本长崎县北部,是一座工业城市,有美军基地。

说,卡哇伊的首先是马蒂亚斯,但我并不想吃他。就是说,可爱和美味在我心里无论如何也不是一回事。

散步是一种学习,但学习也有不少时候给心灵造成伤害,回到屋里,我总是疲惫不堪。别人说用第三人称喊自己是宝宝,还说想拿过来吃,总之,听着这些话,我总感觉到自身的危险。而且自从开始用"我"这个词,别人的话语仿佛径直撞在我身上似的。

因为疲倦而犯困的时候,我会想,要是能和马蒂亚斯两个人单独在一起该多好。两个人在一起的时候好似一个人,能够从肩头卸下名叫"我"的新重负。不过只要睡一觉,恢复了精神,比起和马蒂亚斯两个人玩,我还是更愿意到外面的世界。

只有一次,有名摄影师跟来散步,我没太在意。似乎是由于克里斯蒂安努力强调来的人多了会有危险,最终只来了一名摄影师。电视新闻报道了这一次拍的录像,我也看到了。克里斯蒂安感慨地对马蒂亚斯说:"你知道有人摄像,举止还挺自然。数十万人手心里捏着汗双手交握,祈祷克努特能长大,可你看上去就像在和捡来的杂种狗散步。""我倒觉得,克努特如果是捡来的杂种狗该多好。""但克努特也很重要。明星做活动，就能给社会造成影响。我希望克努特能成为圣女贞德，举起制止地球温室化的旗帜，站在示威游行的最前列。"

散步能学到很多东西，秀则是工作。我会本能地计算出要怎么做观众才不会觉得无趣，并采取相应的行动，但这中间相当复杂，如果我做得太刻意，或是计算得太过，似乎观众反而不会接受。如果总做同样的事，观众会厌倦，可如果一直是有趣的动作，被称作观众的存在将不再发笑，所以我一波接一波地发起攻击，当他们欢呼，我就立即收手。当他们沉静下来，我又发动攻击。感觉上，这样的组合比较好。

我私下把那条排列着棕熊、黑熊、马来熊和懒熊的路称作"熊路"。在这条熊路上来回走过之后，我理解了，马蒂亚斯把我和棕熊、黑熊、马来熊以及懒熊所拥有的模糊的共同点叫作"熊"。

所有的熊都有卧室在后面，晚上似乎都窝在卧室里睡觉，白天则出现在正面一处带池塘的宽广石头平台上。[1]

---

[1] 除棕熊外，上文列举的熊多以夜间活动为主白天休息，作者本段表述欠严谨。——编注

只有一种名叫熊猫的熊住在隔开一截的地方，那儿没有平台，熊猫待在被竹丛围绕的笼子里。马蒂亚斯告诉我："克里斯蒂安全心投入地照顾过一只名叫嫣嫣的熊猫，可她死了，克里斯蒂安伤心极了。大概是多亏了你，他才终于从悲伤中恢复过来。"我试图在脑海中勾勒那种感觉，某个存在不在了，变得寂寞，然后有了别的作为替代，由此恢复。就在这时，熊猫停下吃竹叶，目不转睛地望向我这边。"你也相当可爱呢。不过你最好当心。可爱有可能是灭绝的先兆。"我吃了一惊，问："什么意思？""只有当某种生物可能灭绝，才有必要让人类不希望这种生物灭绝。所以大自然把我们的脸变得可爱。你看看老鼠。人类恨他们，可他们完全不当回事。因为他们没有面临灭绝的危机。"

去散步之前，我总是有些紧张。因为不知道人家会说什么过分的话。马蒂亚斯和我相反，去散步的时候，他的肩背柔软松弛，小腿充满力量。而等散步结束，秀的时间临近，他开始坐立不安，我在这时跳到他的背上，就会发现他的肩膀紧紧的，非常僵硬。至于我，因为秀肯定会成功，所以我还没有散步那么紧张。

每当我们去到练习场,马蒂亚斯似乎觉得一刻都不能休息,不断想法子逗我。我知道,他不是自己想玩,他是在拼命取悦观众。玩摔跤能让我直接感受到马蒂亚斯的手的温暖,不管玩多少次,不管怎么玩,我都不会厌倦,问题在于玩球。"看球,克努特。"马蒂亚斯叫道,把球向我扔来,他这么做挺好,但我不喜欢任何一只球,譬如那只写有"全球化、革新、沟通"的黄球,散发着一股不可信的橡胶味,我连碰都不想碰。但据说那只球是某位大人物赠送的,一旦我不理会那只球,马蒂亚斯就明显开始焦虑。我觉得他可怜,向球扑过去,因为不想抱住它,便用手"砰"把球打飞。不出所料,观众们欢呼起来。

接着,马蒂亚斯把一只朴素的红球朝我滚来,我用双手接住,抱着球仰面躺倒,脚轻轻地踢动。观众们欢声大作,心期待地跳动着,视线汇聚在我身上。我想不出该怎么回应他们的期待,就那么躺着休息,结果有名观众喝起了倒彩:"别一直躺着,决定射门吧!"全场哄堂大笑。

我知道不能就这么躺着,可是不知该怎么做才好,于是我躺着踢向双手抱住的球,一个不当心,球脱手飞了出去,沿着岩石坡骨碌碌地往下滚,掉进建在岩石底下的池塘。看到球落入水中,人们欣喜地"哇"了一声。他们真容易满足。

我在这时顿悟了。最有趣的是发生意想不到的事。我自己没把球掉进水里纳入计划,正因如此才好。"跳进水里把球拿出来。"一个小女孩的恳求声传来,但我还没上过游泳课,所以没下水。

"你挺有一套。我对你刮目相看。"披着白色发光的皮毛的美貌老妇人久违地出现在梦中,夸了我。她的身体仍然巨大,我走近她,面对面地站着,心想,我也长高了一些。"没人教,你独自创造了属于自己的舞台表演。而且你没有任何特殊的表现,就是普普通通地玩,想办法让玩的过程显得有意思。这也许是一种新的艺术。""你究竟是谁?是我的外婆吗?""没那么简单,是你外婆和更早以前的一代代祖先重合在一起的呈现。从正面看只是一个,但其实不是个体。里面包含外婆、外婆的妈妈、外婆的曾外婆。""我妈妈也在吗?""我代表死去的女人们。你妈妈不是还健康地活着吗?你怎么不去见她?"

秀结束后,我们回到房间,马蒂亚斯像是松了口气,他倒了咖啡,摊开带来的报纸。我原以为报纸是玩具，用来揉成皱巴巴的一团，然后踢或者撕着玩。马蒂亚斯每天早上都把我可能感兴趣的报道念给我听，所以对我来说，报纸是读物的印象渐渐加强。

报上有许多奇异的故事。某动物园私下把死去的鳄鱼和袋鼠的肉卖给野味餐馆，借此辅助财政。马蒂亚斯把这则丑闻报道读给我听的时候，我不觉回想起黑熊那句"卡哇伊得想拿过来吃"，感到一寒。马蒂亚斯叹息说："真可怜，我同情他们。"我以为他同情变成烤肉排的袋鼠，结果他同情的似乎不是袋鼠，又补了一句："哪家动物园都有财政困难。"我边听马蒂亚斯读报边瞅着报纸，渐渐地开始识字。我最先记住的是"Zoo（动物园）"这个单词中两次出现的字母"o"。

每天都有信和邮包送来。马蒂亚斯打开一封封信，浏览一遍，把它们喂给新买的大垃圾桶。有时还会送来盒子。"这是粉丝送来的礼物，可是巧克力对你的身体没好处，我会转送给慈善团体。"他说了诸如此类的话，没给我吃。

有一天，马蒂亚斯把一只特别大的巧克力礼盒抱进房间。我以为是巧克力，结果不是，打开之后，里面是一个长得像电视机的东西。"你知道这是什么吗？

你看,在这里输入你的名字,GO!喏,这些全都是你的录影。可以在网上看。"马蒂亚斯啪嗒啪嗒地敲打键盘,出现了一只白色动物在岩石上摔倒的影像。看着看着,我渐渐感到仿佛自己不在这儿似的。"认识吗?这是你。是不是卡哇伊?"啊,竟然连马蒂亚斯也讲那种话,我明明在这儿,他却对影像中的克努特着迷。什么玩意儿嘛!如果那是克努特,在这里的我就不再是克努特。

看了一会儿录影,克里斯蒂安一脸疲惫地走进房间,问:"终于引进电脑了?"马蒂亚斯的眉头一皱,"其实是因为动物园的宣传部今天提出,能不能回一下粉丝的邮件。他们说,现在的粉丝们不光是单方面为明星痴狂,还希望明星关注自己。所以,据说他们有时还会试图杀死不理会自己的明星。每天有上百封粉丝们写给克努特的邮件。宣传部说,希望我们尽可能地回信,当然,不是全部。譬如这些,你看,"说着,他念出几封邮件,"小熊,我是梅丽莎。今年三岁。我睡觉的时候总在想你。""致克努特,为了让北极的冰不再进一步融化,我打算买一辆电单车。弗兰克。""我明年就七十岁了,漫步雪山仍然是我的爱好,每次进山,我都带着你的照片作为护身符。冈特。""我的业余爱好是打毛线。我想织件毛衣送给你,你喜欢什么颜色?玛利亚。"马蒂亚斯把英语写的邮件翻译出来。"用英语写信,不好意思。你懂英语吗?北极的居民讲什么语言?约翰。"马蒂亚斯饶有兴趣地凑近了看克努特的脸,可我难以理解电子邮件和粉丝邮件到底有什么好玩的。

我在散步时发现,有许多动物,不管我关注地看他们多久,对方都不会关注我。不管我对着那些生于非洲的美丽鸟儿们看多久,他们对我丝毫不感兴趣。河马和犀牛慢吞吞的步伐相当有魅力,但他们完全不看我。形成对比的是母黑熊和母棕熊,每到我经过的时间,她们就打扮停当等在外面,朝我抛媚眼,十分恐怖。

托克里斯蒂安的福,我也知道了母熊是多么危险的存在。记者们问:"有一种说法是,用奶瓶喂大的青年熊难以和母熊亲近,会被母熊打成重伤,克努特没问题吗?"克里斯蒂安挺起胸膛答道:"请放心。我会等克努特长到足够大才让它和母熊在一起,到那时,就算被母熊攻击,它也不会受伤。"就是说,我是用奶瓶养大的,所以有风险,即,我的态度可能会被女性误解。而且克里斯蒂安认为,以我现在的体形靠近女性，可能会受伤。

第二天早上散步经过的时候，母棕熊大胆地从屋里跑出来，向我调侃："等一下。你用不着总是那样逃跑吧？"马蒂亚斯站住了，我只好停下脚步。棕熊说："你们北极熊要是一直那样近亲结婚，会灭亡的。"不知马蒂亚斯是听懂了熊的话，还是他的波长和熊一致所以浮现同样的想法，他在这时说："听说最近，在自然环境中的北极熊和其他熊的混血也增多了。当然，我们动物园不会那么做。北极熊的生活圈变窄了，它们今后会南下吧。"啊，我可不想南下。正当我这么想着，母棕熊把鼻尖往我这边一探，说："跨国婚姻正在增多。纯血统的命运必然是灭亡。以后你和我结婚吧，怎么样？"

马蒂亚斯交替地看着棕熊和克努特的面孔，"你有没有发自本能地感觉到和棕熊的亲戚关系？你可以和棕熊结婚。至于马来熊，说是亲戚，其实关系要远一些，所以结婚就算了。和棕熊倒是可以结婚。"

我绝对不想和瘦巴巴的，样子猥琐的马来熊结婚。我想长大以后和马蒂亚斯结婚，永远生活在一起。马蒂亚斯没有说过，人类和熊的遗传因子是否相似到能够结婚的程度。我在马来熊的练习场跟前再次比较马蒂亚斯和我自己。不管怎么看，我和马蒂亚斯的相似之处比我和马来熊更多。

"怎么了，第三人称的熊君是不是在为三角关系烦恼呢？"我感到有谁在看自己，这时，有只神气活现的马来熊从树上喊我。其口吻让我生气，于是我冷冷地反问："说谁呢？""你和马蒂亚斯还有克里斯蒂安。"马来熊答道，鼻子周围皱起厚颜无耻的皱纹。我回了句："我们三个关系很融洽。"马来熊说了句让人不舒服的话："可是，你完全不知道马蒂亚斯和克里斯蒂安在动物园外面爱着谁，是吧？"他的眼圈湿了，又加了一句，"我的新娘下个月就来了。""从马来西亚？""怎么可能。从慕尼黑。"

等到就我自个儿待着，我做了深入的思考。马蒂亚斯平时在动物园外面做什么呢？我以为自己难得到了外面，还为此高兴来着，但还有动物园的外面。外面还有外面。究竟要到哪里才是到了终极的外面，没法再往外呢？

我们在散步时呼吸着被夜雨洗净的空气，有只蜥蜴从路旁的草丛中哧溜溜地蹿出来，一下子停住了，然后飞快地移动像螃蟹腿一样张开的四肢往前爬，接着又停住。他重复着这样的动作,最后等于是走了一道弧线,又藏回原来那片草丛。"那是恐龙的子孙。"马蒂亚斯告诉我,"它们的祖先有巨大的身体,比大象还巨大。所以我们哺乳类害怕它们,甚至白天都不敢到外面。"我感到难以置信,试着想象巨大的蜥蜴。让人吃惊的是,我竟然能想象出自己从未见过的恐龙的形象。不仅如此,几天后,当蜥蜴又一次从草丛中出现,它的形象化作大象的体格,压向我的视网膜,我害怕得跳了起来。马蒂亚斯见状没有笑,"你怕了?不过,会害怕,说明你有想象力。无所畏惧的是那些头脑愚钝的家伙。"他说着,望向远处。头脑愚钝的家伙指谁呢?

我和马蒂亚斯一直盯着蜥蜴。等他那条显得恶毒的尾巴末梢"嗖"地藏进草丛,我松了口气。"哺乳动物有很多事要操心。这是我们的特征。"马蒂亚斯说着叹了口气。

有一天,克里斯蒂安担心地问马蒂亚斯:"你家里人还好?""挺好的。不过不知道是不是因为我到家已经很累了,我不太知道孩子在想些什么。""你肯定更清楚熊的想法吧。""这是没法比较的。""而且你对克努特无话不说,却有事情瞒着你太太。""才没有。""你有个好太太,又有孩子,真幸福。""你也一样嘛。"我装作没听见这番对话。

笔直地沿着熊路走去,池塘上架着一座桥,如果在桥上等一会儿,时而有鸭子游来。有一次,看见三只小鸭子跟在鸭子身后游泳,马蒂亚斯说:"鸭子的孩子是鸭子。生下来很快就能游泳,真厉害。不过呢,克努特,你好像需要练习才能游泳。你进过澡盆,但还没进过池塘吧。"鸭子的孩子为了不跟丢家长的背影,在水里拼命地划着脚。"小熊跟着母亲度过两个冬天。为了活下去,有许多事需要练习。说起来,俄国有过一名动物学者披着熊的皮毛,化身熊妈妈,带着小熊过了两个冬天。那只小熊的母亲好像是被猎人杀死了。现在的季节对我们来说游泳还嫌冷,不过,差不多该教你游泳了。"

第二天早上,马蒂亚斯没带我去散步,而是换上沙滩裤,跳进练习场下方的水里。水面随之起皱破碎,把马蒂亚斯包在中央之后,又出现了平整的水面。马蒂亚斯的脑袋不像鸭子那样长在合适的位置,看上去像是随时会沉下去,他用细胳膊啪啪地划着水。为了让我安心,他的脸上一直带着笑容,但他肯定很快就会溺水。我战战兢兢地在水边走来走去。马蒂亚斯招手喊道："下来！下来！"我没有勇气跳下水帮他。这时，马蒂亚斯把脑袋向左右甩着，从水里出来了，我这才松了口气。可他出水不过是一瞬间，紧接着又跳进水里，只把脸望着我这边。确实不太对劲。我很是踌躇，可是没办法，只好一咬牙跳进水里。结果不可思议的是，我感到一种非常熟悉的物质包裹着我的身体。水。我熟悉水。

在水里闹腾很痛快。其间，鼻子进了水，有些疼，还因为使劲划水，胳膊的肌肉变得疲乏，不过当马蒂亚斯说"就到这儿"，我都不想从水里出去。我渐渐地困了，这才爬上去离开水，簌簌地抖动身体，水沫飞溅，我感到身上变干了。

"游泳可开心了。"第二天，我立即向马来熊炫耀，马来熊咔嚓咔嚓地挠着肚子，冷冷地把头扭向一边。"傻气！我可没时间游泳。我现在正投身一项大事业，用马来熊的观点书写马来半岛的历史。"我不知道马来熊竟然在写东西，顿时忘了自己的不快，问他："马来半岛远吗？"马来熊露出把我当傻瓜的神色，鼻尖浮起一层揶揄的笑意："远啊。不过对你来说，远的地方会有多远呢?你连北极也没去过吧。""为什么我非得去北极?""噢,你现在有模有样地用第一人称了。我倒是怀念用第三人称的熊宝宝。北极熊也变得文雅起来,真无趣。罢了罢了,这是玩笑,玩笑。你不去北极也没什么。只是,北极正在消失。你不在乎吗?我虽然不是生在马来,却也担心祖先居住的地方的未来,所以在研究马来半岛的多种文化共存的历史和可能性,你也可以稍微琢磨一下北极的问题吧?别总是散步游泳玩球。""我的祖先在东德出生,不是北极。""啊?难道你一千年前的祖先也住在东德?你真让人无语。"

懒熊不像马来熊,第一次和我讲话的时候倒挺亲切。"真是个睡午觉的好天气。""啊,确实。"我记得我们有过这样的谈话。然而就是同一只懒熊,在第二次见到我的时候用严厉的声音向我挑衅:"你要么毫无意义地在那边走来走去,要么作秀哄人高兴。你那样的人生有意义吗?"我反问:"既然你这么说,你每天究竟做了哪些有意义的事?""我懒散度日。"他答道,"懒散是件很像样的工作,而且需要勇气。大家期待你在他们的面前玩耍。你有勇气不玩,让观众失望吗?你每天早上出门做个愉快的散步。你有没有坚强的意志放弃这份愉快,懒洋洋地留在房间里?"

经他这么一说,我的确没有勇气让观众和马蒂亚斯失望。我无论如何也没法有那样的高尚理想,推拒所有的外界诱惑,有意识地犯懒。

和其他动物谈话的时候,我对自己的生活方式失去了自信。我第一次见到加拿大的狼就害怕,所以只要一看见他们,就尽可能地从远处经过,但有一次我没发现头狼站在栅栏附近,从近旁经过,被他喊住了。"喂,你总是一个人走来走去,你没有家人吗?""没有。""你母亲呢?""马蒂亚斯就是。喏,他走在前面。""你和马蒂亚斯完全不像。你肯定是在很小的时候被拐走的。你看我的家人,大家都一模一样吧?"马蒂亚斯回过头,走回来说:"狼的样子很漂亮吧?细细长长的。不过我更喜欢熊。你知道吗,狼会不断争斗,决定谁是最强的。而且一群狼当中,只有最强的公狼和母狼才能有孩子。总觉得这样有点讨厌吧?"马蒂亚斯听不懂狼的语言,同样地,狼似乎也听不懂马蒂亚斯的话。

我也许可以不用在意那些讨厌的家伙的话,可我还是上了心。他们说我和马蒂亚斯不像,说我是被拐走的。那天,我一整天都在琢磨这些。

报上经常登关于我的报道，只要克里斯蒂安拿来剪报，马蒂亚斯就会念给我听。我有时还在夜里尝试重读。报上写着："克努特终于开始上游泳课了。"自己的事被印在报上，就仿佛自己的一部分被拐走了似的，让我心神不宁。我游泳的时候，克努特应该存在于正在游泳的我那里，而不该存在于第二天的报纸上。是因为大家都知道了克努特这个名字，才会把名字随便拿到什么地方任意使用吧。

有一天，我读到一条让我相当在意的报道。自从读到这条报道，我开始每天读报。"克努特的母亲在生下它之后立即拒绝哺育，克努特靠人类喂养长大。如今人们还将游泳等生存技能一项项地教给它，它正在不断成长。"拒绝哺育究竟指什么呢？我上了心，想读一切和自己有关的新闻报道。我开始认为，是不是有哪篇报道能成为钥匙。只要用那把钥匙打开门，我就能了解一切。我期待着这样的报道，贪婪地读了许多。倒是练习了认字，但我怎么也找不到可以当作钥匙的报道。

还有报道说："母亲托斯卡生下克努特和它的兄弟之后，对它们显得漠不关心，动物园方面判断两只幼熊有生命危险，在几个小时后把它们从托斯卡身边带走,然而托斯卡在那时也毫无反应。一般情况下,当幼熊被带走时,即便是拒绝哺育的熊妈妈也会发飙,大多必须注射镇静剂。专家判断,托斯卡因为在东德马戏团工作时压力过大,患了神经衰弱,因此丧失了育儿本能。"

我害怕的那个日子突然到来了。我正和马蒂亚斯玩着,手一滑,弄伤了他。他的皮肤"唰"裂开,血喷了出来。马蒂亚斯一声也没吭,但不巧正在秀的中途,观众们看到血,一阵骚动。我们暂时退场,马蒂亚斯让克里斯蒂安给他消毒并缠上绷带。我想舔消毒液,弄倒了瓶子,被克里斯蒂安训了。

然后我们再次来到练习场,我生平头一次用整个身体感到观众传来类似敌意的情绪,不由得一哆嗦。"诸位,这是小伤,完全不用放在心上。"马蒂亚斯举起胳膊,少见地大声向观众们说道。这时不知为什么响起掌声。

秀结束后,克里斯蒂安一脸严肃地等在房间里。"像这样下去,下周的体重就会超过五十公斤。"他说,"我宣称要把五十公斤作为上限是很久以前的事了,所以我一直想找个理由,把上限拉到六十公斤。不过,如今已经有人看到你受伤的情形,而且从五十公斤到六十公斤也就是一会儿工夫,所以提高上限可能也只是自我安慰。总有一天要分开的,现在就是分开的时候。"

克里斯蒂安飞快地说着,声音变得粗哑,开始用手背擦眼角。见他这副模样,马蒂亚斯按住他的肩,安慰道:"又不是死别。它自立了,和我们分开,我很高兴。"接着他又看向克努特,"克努特,我教过你怎么写邮件吧?你要经常给我写邮件。"克里斯蒂安发出一个他从没发出过的古怪声音,一看吓一跳,原来他正在呜呜地哭。

我在那天搬进一个摆着床的房间。床上铺着稻草,很舒服。马蒂亚斯用手敲床,又往床底张望,确认没有损坏。房间有扇带格栅的门,从那道门能去到平时作秀给人看的练习场。房间另一头有扇送食物的小门。马蒂亚斯把食物的门开开关关,细致地嘱咐来人。接着他在床上躺了大概十秒,闭着眼,接着忽然一跃而起,看也不看我就离开了房间。

马蒂亚斯第二天一次也没来。早晚各有人送来食物。送食物的是一些陌生人,不是马蒂亚斯,也不是克里斯蒂安。早上，门开了，我出屋到了练习场，远远的那头有观众。观众的数目减少了。傍晚时分，我被食物的气味吸引，进了房间。马蒂亚斯放在这儿的电脑如今也在我的床边，但我不记得该怎么开。床的一角坐着那只从我的婴儿时代一直在一起的无趣玩偶，一副精疲力竭的模样。

到了练习场，我也没心思玩给人看。背部晒暖和之后，悲伤便会消减几分。于是我蹲在岩石上，背对着太阳一动不动。"克努特好像很难过，"这时有个小女孩的声音乘着风传入我的耳朵，"是因为没人和它玩吧。"孩子似乎更理解我的心情。大人因为无须顾忌，把残酷的心肠变成话语吐出来。"你看它的利爪。听说它弄伤了饲养员。""据说熊长大之后还是危险的。和狗不一样，是野生动物。""已经不可爱了。"

生下来不久就被母亲抛弃了。我想起这句话，是在和马蒂亚斯分开一段时间之后。从前有马蒂亚斯在，我没必要思索围绕自己的出生的秘密，而今突然感到在意。

如今我终于懂了，代替托斯卡抚养我的，是一名男性人类，而且这是件罕有的奇迹。马蒂亚斯自称哺乳动物，不是在开玩笑，他确实一直在哺乳，他是哺乳动物的骄傲。

马蒂亚斯不是我的生身父亲，甚至并非远亲。就像狼所说的，我们从头到脚没有半点相似。狼为他们一族有着相似的容貌而自豪，但我宁可敬仰马蒂亚斯，他给完全不像自己的动物喂奶，抚养那只动物。狼只想着自己一族的荣耀，马蒂亚斯则看得更远。说不定他一直看到了北极。

马蒂亚斯有个同种族的美丽妻子，还有分享了他的遗传因子的可爱孩子，但他从早到晚陪着我，照顾我。不仅因为那时的我很可爱。曾有上亿双眼睛牵挂地注视着我的小身体。如果我死了，汽车尾气会在我死去的瞬间凝固在人们的上空，化作锅盖，地表的气温和湿度不断上升，所有人都被蒸煮着。北极的冰一口气融化，北极熊溺死了，人们居住的城镇也一个接一个地沉入海中。人们抱着不切实际的期待，如果奇迹之人马蒂亚斯能从指尖淌出奶抚育北极熊的幼崽，那只小熊将会一口气读尽世上的哲学书和圣典，并将横越冰海，拯救北极。

如此说来，仿佛在讲述英雄的故事，然而事实与此相反，我以惨兮兮的模样被抛到这个世上，像一只被拔了毛的兔子。我有一回在电视上看过那一幕。我的眼睛紧紧地闭着，下垂的耳朵听不见声音，手脚羸弱，无法支撑自己的身体。看到这段录影的人肯定会想，为什么要以这种模样来到世上呢？继续待在肚子里多好。我自己都不愿意承认那是我。

迄今为止，我一次也没思考过托斯卡为什么不喂奶给我。她一定有她自己的深层次的想法吧。孩子不会懂父母的想法，所以想了也没用。这是自然的哲理。更让我感到不可思议的是，为什么哺乳动物刚生下来喝不到奶就会死？小鸟就算母亲离家出走，只要吃父亲运来的蚯蚓就能存活。然而，哺乳动物正如其名，他们的身体刚生下来只能从奶获得营养。所以，哺乳动物不像鸟儿似的总是向前看，而是总忍不住回望乳臭未干的从前。

还有件事让我觉得不可思议，就是只有雌性被设计成产生乳汁。如果拉鲁斯也会产奶，那么情况就会不一样吧？所有的责任都担在托斯卡的肩上，是因为只有母亲具备给幼儿喂奶的身体构造。向这种自然界的不合理发起挑战，用帽子生出鸽子的，就是魔术。不是猴子却在高枝间纵跃的，是杂技人。让畏惧火的动物钻过火圈的，是驯兽师。马蒂亚斯完成的事有着马戏般的华丽。忘了是什么时候，电视上转播了亚洲的马戏团表演，我第一次看到名叫水艺的绝活。一群衣着华丽如孔雀的女子的指尖冒出了水。我边看边想，如果冒出的不是水而是奶，那可真是杰作。对我来说，马蒂亚斯就是个从指尖淌出奶的魔术师。我从睁开眼就知道，马蒂亚斯用了奶瓶这一工具，魔术都有招数，但我对马蒂亚斯的惊讶和尊敬不会因为他用了奶瓶而有所改变。

马蒂亚斯给我的不光是奶。他住下来照顾我，毫不松懈地关注我是不是冷了，热了，有没有撞到头受伤。在我断奶以后，他还每天好几次为我做费工的食物。

马蒂亚斯让我感到他绝不会扔下我。他在澡盆里放上水，为我洗身体，然后用毛巾把我擦干。他做了饭，耐心地等我吃完。他还打扫我吃饭时撒上了食物的地面。我们一起坐在电视机跟前，他向我解释出现在屏幕上的人们的情况。他率先跳入水中，教我游泳。他读报给我听。然后有一天，他一言不发地消失了。

大概是马蒂亚斯帮我打过招呼，唯有报纸每天送来。那是免费配送的柏林的报纸，上面有许多彩色照片，字比较少。报纸上登着各种新闻，有些我看不懂，有些让我难受,没有一条新闻让我看了高兴的。尽管如此,我只要开始读就停不下来,不知何时起,我总是把报纸一字不漏地读过。

那件事我也是从报上得知的。马蒂亚斯死于心脏病发作。我一开始不理解死了是什么意思,就在我反复读那篇报道的过程中,仿佛有块岩石朝我的头顶砸下来:我绝对再也见不到他了。当然,即便他活着,我们可能也不会再见面。但说不定能见到。人们在心里念着"说不定"活下去,把这叫作希望。我的这个希望死了。

报上写着,马蒂亚斯先是患了肾癌,然后心脏病发作。报上还说,他是初次发作,却一下子死了。他要是在心脏病发作之前来看看我多好,哪怕就一次。为什么那之后他就没出现过?他哪怕只是在我的食物里悄悄混上唾沫也好。或者哪怕仅仅混在游客当中喊我一声也好。

报上登着各种各样的事。我读了之后不觉得对自己有什么帮助,但因为除此以外就没有信息来源,我还是每天一字不漏地读报。

报上后来写道,有人说马蒂亚斯的死都怪我,说我是个被调换的恶魔之子。马蒂亚斯的亲生孩子和我被调换了。不管周围的人怎么说,马蒂亚斯一心把克努特当成自己的孩子,不愿回到亲生孩子的身边。有人声称,马蒂亚斯被恶魔给附体了。

动物园里没有叫恶魔的动物,所以我没见过。也有人说我吸取了马蒂亚斯的生命力。生命力难道指的是奶?

据说马蒂亚斯的葬礼只在亲人间举行。我没被邀请。我不知道葬礼具体要做些什么,感觉就是站在死者的身边,大概是由亲近的人参加,以确认亲密程度。我明明和马蒂亚斯最亲近,为什么没请我呢?

我还读到,克里斯蒂安受访时说:"他好像有许多压力。"又是压力。妈妈没有抚养我,以及马蒂亚斯的死,大家都怪罪给压力,可我从没见过名叫压力的动物。那是空想的动物。如果有可能,我想找人谈谈马蒂亚斯以及压力问题,直到谈出个结果为止,但自从我被迫和马蒂亚斯分开,就不能在动物园自由漫步,我没再和谁说过话。

也许是这个缘故,我开始留意之前从未注意的植物们发出的声响。树叶摩擦的声响也不错。那是我不懂的语言,让心静下来。

来到练习场，即便在背阴处也有热气摇曳，稍微一动就会体温上升，我感到自己几乎爆炸，于是游了趟泳。我一进到水里，观众们不知怎的高兴起来，"哇"一声举起相机，我一直待在水里，他们渐渐腻了。观众的数量的确减少了。

有一个下雨的早上，当我注意到时，栅栏对面只有一名观众。站在那儿，打着黑伞。此人一直看着这边，久久地没有动弹。一阵风吹过。这气味似曾相识。这个男人是谁呢？我探出鼻子，匆忙地动着鼻孔，深深吸进一口气。是莫里斯。读书给我听的上夜班的男人。我大幅度地左右晃动鼻尖，莫里斯挥手作答。

马蒂亚斯死后，讨厌的事不断向我袭来。我想用名叫"服丧"的黑色毯子裹住身体，默默地待着不动，熬过悲伤，然而世俗的恶意像蜂群般朝我袭来，我只能不断挥手驱赶。其中一项是遗产继承的问题。我并不想要马蒂亚斯的遗产。我甚至无权碰我自己累积的财产，又怎么会有权利获得别人的财产呢？事实上，两家动物园围绕我累积的财产起了争执。我甚至没被传唤到法庭，只在报上阅读判决的进展，并感到沮丧。

我爸爸拉鲁斯所在的新明斯特动物园向柏林动物

园提起诉讼。说是柏林动物园靠我的人气赚了一大笔，新明斯特方面要求从赚到的钱当中分走七十五万欧元。我在报上看到讽刺画把我的身体画成欧元，彻底没了食欲。报上还写着，有人向动物园寄了有毒的巧克力，收件人是我。

报上说，其实有一条法律，规定拥有动物父亲的动物园也拥有其孩子的所有权。有评论家写道，如果把这样的法律放在人类社会，就是时代的错误，真不明白为什么仅在动物园通行另一套法律。新明斯特动物园声称，总之，既然有这条法律存在，他们拥有对我的所有权，所以我赚的钱也是他们的。柏林动物园对此回应道，愿意支付三十五万欧元，多一毛都不给。

我之前没想过动物园靠我赚钱的事。听说赚钱不仅因为入园的人增多，还因为所谓的克努特周边商品的销售。我知道，就连现在也有上百只仿照我的模样的玩偶堆成小山。玩偶们有的又小又硬，有的是软绵绵的中等大小，还有相当巨大的。每当货架变空，就会有小卡车从某处又运来一座小山。那上万个克隆的我名字都叫"克努特"。真正的克努特在这里！就算我喊一嗓子也没人理会。不仅是玩偶。我从电视上知道，动物园从以前就在卖各种印有我的脸的钥匙扣、咖啡杯、T恤、衬衫、V领衫、DVD、克努特歌曲的CD等等。还有大王的脸印成克努特的扑克牌，壶盖头做成克努特的红茶壶。本子、铅笔、手提袋、登山包、手机袋、钱包，全都印着我的脸。

报上经常刊登某些赚了很多钱的人，他们盖起豪宅，购买华服，出席派对让人拍照。我原本对这些没兴趣，不过我在许久以前读过一条和钱有关的有趣报道。有个男人因为贪污的嫌疑被逮捕。但他付了十万欧元，得以暂时离开监狱。我突然想起马蒂亚斯曾把事情这样解释给我听。看来有些时候，只要有钱，就可以到铁栅之外。那我如果付钱，也可以离开动物园吧。

早上到练习场的时候还不太热，但等太阳到了正上方，炎热每个小时都在增长。我思考着克努特商品和诉讼的事，脑袋越来越热，开始头疼。我用双手抱住脑袋，听见寥寥几名游客中有个人说："如此不景气，连克努特都头疼了。"

就在这样的日子里，发生了一件事，让我的心情为之一变，就像一直没翻开的牌被翻到了台面上。摆着早饭的托盘上，深口碟的旁边有封信。那封信有莫里斯的气味。我立即打开看了，信上写着，柏林市长给我发了请帖，请我参加一个内部派对。还写着莫里斯明晚会来接我。另外还仔细地说明了，这份邀请来自市长，所以动物园允许我外出，但因为不是公开宴会，而是市长和同伴们的私人庆祝派对，所以不要告诉别人。说是派对的会场在临湖的高级酒店的七楼，带大露台的套房，会有加长轿车来接我和莫里斯，把我们送到会场。

我从加长轿车下来，感觉到久违的凉爽，大概因为太阳下山了，或是因为眼前延伸着被树木围绕的湖。几名男子身穿如同冷杉的深绿色服装，身上缠着皮带，一脸严峻地在酒店入口处放哨。他们是货真价实的警官吗？还是出现在电视上的演员扮演的警官？

我和莫里斯手牵着手，穿过枝形吊灯照耀下空无一人的大厅，我第一次乘坐名叫电梯的玩意儿。我在电视上的推理连续剧中看过好多次电梯，可实际乘坐，置身箱子内部，意识仿佛彻底冻住了，等到门再次打开，另一个世界出现在我的眼前，我不禁一阵困惑，不知是否该相信自己的所见。

热闹的说话声蜂群般包围了我的脑袋，肥肉烧焦的甜香从某处飘来，我的视野充斥着裹在衬衫里的男人们的背部、肚子和屁股，看不远。莫里斯拉着我的手，分开人群往前走，一个脸色红润、穿着优雅西装的男人出现在眼前。

那个男人有某种特别的地方。我正在琢磨到底是什么地方特别，他的嘴角浮现浓厚的笑意，吻了我的脸颊。沸腾的掌声响起，我感到许多视线倾注在我们的身上。莫里斯把一只系着缎带的大盒子递给那个男人，说"祝您生日快乐"。包装纸上印着我的脸。我不知道盒子里是什么。男人道了谢，亲吻我和莫里斯的脸颊，把收到的礼物递给站在一旁的年轻男人，然后把一只装有微黄液体的玻璃杯塞我手里，并把他自己那只杯子轻轻碰过来，发出"当"的清脆响声。站在周围的男人们举起杯子，碰向虚构的玻璃杯。

我向微黄的液体看进去，小小的气泡附着在玻璃杯的内壁，也有些气泡挣脱内壁往上走。气泡刚冒出水面，就"哧"一声溅起飞沫，消失不见。我想一直这么看下去，但这时莫里斯在我耳边低语："你最好别喝香槟。"他换了一只别的杯子给我，"那个你可以喝。"我试着喝了，有股苹果味。

刚才那个男人的体格并不格外健壮，说话声也不大，可是周围男人们的视线始终被他的一举一动所牵引。每当他开口,人们都竖起耳朵。他大概是明星吧。看着这一幕,我渐渐开始羡慕他。我小时候也一样,只要稍微动动手脚,上百名观众就会骚动起来。我凝聚了众人的注意力,借此驱动云朵,降下雨水,拉近太阳,掀起风。我自己的小小身体曾感觉到那么巨大的力量,我想重返那个时代。

受到瞩目的男人不知什么时候被人群淹没不见了,我竖起耳朵,大概猜到他在什么方位。因为站在他周围的男人们形成沉默的圈子,谈话的低语声呈水波状向圈子的外围扩散。

一个陌生男人经过我身后,推搡我,我的鼻子撞在莫里斯的胸前,我闻见让人怀念的黄油的气味。能够再见到他让我高兴坏了,我一阵冲动,舔了莫里斯的脸。莫里斯故意似的向我苦着脸,但他其实很高兴。有个男人在旁边羡慕地看着,笑眯眯地说:"种族不同,品味也就不同。接吻的方法也多种多样。"

肉香诱惑着我的鼻子。用盘子端着食物的人们从那个方向涌来。莫里斯看到我的表情,说:"等一会儿再吃。"我稍微等了一会儿,但很快按捺不住,往香味传来的方向走去,莫里斯露出担心的表情。"我帮你拿食物过来,你乖乖在这儿等着,听话。"说着,他消失在人群中。他到底在担心什么呢？

没办法，我只好乖乖地等着，这时有几个男人走过来对我说："我在电视上见过您。"他们轻轻抚摸我的毛。

莫里斯终于回来了，他用盘子端来的是老鼠那么大的小小肉块、三块土豆和苹果慕斯。报上经常登着市政的赤字，不过这份穷劲儿即便和动物园比都让人震惊。等我回过神，食物已进了肚子。莫里斯在我耳边低语："不可以吃太多。"我觉得无聊，出门去了阳台。湖面一片漆黑，映在湖面上的月亮在细碎的水波中颤抖着。

几个男人在阳台上站成一圈，有人正连珠炮似的高谈阔论。我半听不听地听着，原来是在讲昨天电视上的谈话节目。那个男人似乎是在模仿节目中出现的一个长得像鹰的男子。"就算同性结婚，也不允许同志家庭拥有收养权。如果他们可以收养孩子，孩子长大后都会和家长一样，我国将不再有孩子出生，不是吗？"有几个人哈哈大笑。"真是让人无语。明明年纪轻轻，却梳着公司高层的发型，还讲这种话。不过，让我惊讶的是，当时有位八十岁左右的优雅银发女士举起手，做了这样的发言。"说话的人换了副嗓音，模仿起那位女士："同性恋的父母百分之百是异性恋。就是说，是那些异性恋的父母生下了同性恋。如果按照你的理论，是不是该禁止异性恋结婚？"有几个人放声大笑。"有多少看电视的人理解了她的真正意图呢？毕竟如今有越来越多的人不懂得委婉、挖苦、诙谐和讽刺。我心里赞叹，忍不住在电视机前鼓了掌。不过，那位女士究竟是谁呢？""难道是那本书的作者？那本书叫什么来着？"

我难以下定决心加入人圈，坐在隔开一点的地方，从后面眺望人们被完全合身的裤子包裹的屁股。相比之下，我的屁股下垂，就像穿着旧工装裤。我以前从未关注过这一点，此刻看到大家紧绷的屁股，我窘得都不想站起来。我旁边的椅子空着，却没有人过来坐，我寂寞地想，是不是人家都不愿意靠近我呢。就在这时，一个穿白毛衣的男人左手举着杯子朝我走来，对我说："你有点无精打采的嘛。"男人有点儿像猫，面容俊美。我对着他的脸看得出神，男人伸出右手，自报姓名："迈克尔。"我不知道这种时候该说自己的名字，答道："加了欧芹的煮土豆。不过我更喜欢放了好多黄油的土豆泥。"迈克尔笑了，长睫毛和微微隆起的颧骨之间泛起一道阴影。"我对食物比较挑剔，在宴会上不吃东西。在家也不怎么吃。可能因为这样，脸变瘦了。其实我小时候常被人称赞可爱。等我进入青春期，身体一下子长大，开始有人说我不可爱，我就不知道该怎么和食物打交道了。那之后一直瘦。"说起来，他确实两颊消瘦，但他的嘴唇饱满，红润明亮。"别人开始说你不可爱的时候，你难受吗？""感觉就像被所有人抛弃了。我还想到一句像言情剧的台词：没有人爱我了。而且我妈也在那个时候走了。""死了？""离家出走。"这时，莫里斯红着脸走回来，严肃地说："该回家了。"莫里斯仿佛完全没看到迈克尔，甚至都没用眼神和他打个招呼，他的举止就好像只有我独自无聊地站那儿似的。我恋恋不舍地看向迈克尔，他在我耳边低语："我下次去找你玩。我知道你住哪儿。"他的声音甜如蜜，光是听声音，我的口水就流了出来。

我被莫里斯牵着走出充当会场的酒店套房。在电梯里，莫里斯仿佛安慰我似的搂住我的肩。我有些不想回家。我们坐进等在外面的加长轿车，我试探地说："真想再参加宴会。"莫里斯露出抚慰的表情，温柔地抚摸我的胳膊。

第二天早上，我来到练习场，感到反射在岩石上的上午的太阳前所未有地亮堂。我尽情地舒展身体，伸了个懒腰，然后像游泳运动员那样双手并拢摆了个姿势，有模有样地跳进水中。只有三个观众，他们给了我热烈的掌声。我在仰泳的过程中翻个身换成蛙泳，然后咬住漂在眼前的树枝。接着，我衔着树枝继续游了会儿蛙泳。我衔着树枝游着游着，猛一回头，只见观众增加到十个左右，而且都举着照相机。有点意思。我把嘴里的树枝用力地向左右两边甩动。水滴发出不可思议的声响，在半空中打出一个个洞。我把树枝一扔，像鱼一样钻进水里屏息敛气，直到憋不住了才猛地蹿出水面。欢呼声响起。我再一次潜下去，竭尽全力踢着水游到远处，然后浮上水面，猛地把脑袋朝左右两边甩。观众增加到三十人左右。我继续仰泳，啪嗒啪嗒踢着腿，天空中满是相机的闪光灯。

到了傍晚，喧嚣一整天的动物园逐渐静下来。晚饭后，人声消失，鸟儿吵闹了一阵。当夏日毒辣的太阳终于退到大楼的背后，鸟鸣也消失了。夜半，狼嚎不时远远地传来。我不喜欢狼，但有时觉得，即便是那样的家伙，要能在晚上聊聊该多好。

这时，我的背上一寒。我环顾房间，只见蒙尘的电脑屏幕亮了，上面映着迈克尔。我吓得差点瘫倒在地。电脑是马蒂亚斯留下的,我连用法也不记得,甚至忘了它搁在那里。就是这么个佛坛似的电脑突然亮了,我当然会被吓到。"哟,你今天很有精神嘛。"迈克尔对我说,口吻仿佛这一切再正常不过,于是我忘了掩饰惊惶,问他:"你一直在看我?""是啊。""从哪儿看的?你混在今天来的人当中?我看不清栅栏对面的人们的脸。至于是男是女,是孩子还是大人,我能从氛围和身体轮廓看出来。""我没在那儿。我是从云上面看的。""瞎扯吧。""你看了今天的报纸吗?""还没。""有个让你和你母亲见面的计划。""见马蒂亚斯?""不是他,是托斯卡。"

我试图想象自己和托斯卡重逢的场景,却只能想象出一幅孩子的绘画:两个雪人排排站。我根本无从想象,自己和妈妈之间会有怎样的对话。"迈克尔,你好像知道很多事,我问你,为什么大家说我妈得了神经衰弱,你如果知道就告诉我。"迈克尔的右手托着下巴,摩挲着连剃须痕迹都没有的光溜溜的下巴。"这是个难题。我的答案有可能是错的,大概动物园的人们认为,马戏团是个不自然的地方。西德的人们以为,让海豚和虎鲸在空中转身,用鼻尖顶球,倒是没什么,因为它们原本就是喜欢玩、喜欢让人类吃惊的动物。

可是让熊骑自行车绝对有问题,如果强制熊做这种事,熊就会神经衰弱。""我妈以前骑自行车?""这我就不清楚了。也许踩过球,也许走过钢丝。总之,肯定做过某种需要反复练习才能做到的事。我不知道托斯卡本身是不是被强迫做的。可能是把祖先受到的强迫理所当然地继承下来。这一点和我一样。""你以前也在马戏团?""不是马戏团,我从五岁就站在舞台上唱歌跳舞。会站的时候已经开始学跳舞,话都说不清就已经在唱爱情歌曲。然后我一举登上了飞黄腾达的斜坡,连歇口气的时间都没有。尽管这样,小时候可真好。到了有人说我不可爱的时候,竟然有朋友对我说,你真正的童年时代被暴力剥夺了,必须把它拿回来。""有人强迫你学唱歌跳舞?""一开始是的。不过渐渐地,就算没人强迫,我也会自己强迫自己,已经逃不掉了。""我妈也是这样吧。她是因为这样才生病的吧。""我认为不是。你可以见到她直接问她。再见,我要走了。"

迈克尔的到来让我睡得比较香,醒来的时候,眼睑内侧的黏膜已经呈现桃红色。吃过早饭,我像小时候那样不思不想地跑到练习场。马蒂亚斯的笑脸闪过脑际。栅栏对面站着数十名观众,举着照相机。有风吹过，吹来园长的气味。我抓着树干站起来，挥动一只手。园长挥手回应。我动了动肩膀和脑袋，就算是做过早操了。观众的数目在上午不断增加，下午最热的时候有所减少，但到了黄昏又增多了，人们排成两三层注视我。

琢磨新玩法很难。当我试图绞尽脑汁发挥才智，体温升高了。可是观众们尤其是孩子们正在等着，我想展现新的玩法。只要我做出有趣的举动，大人们的身体也会松弛下来，表情变得明朗。这一天，我有个含糊的点子，把岩石表面想成是用冰做的，在上面哧溜哧溜地滑着走。有个男孩的声音喊道："啊，它在练习在冰上走。"大人的声音说："它肯定是想北极了。"一个女孩的声音悲伤地问："克努特将来会回到北极吗？"我想起以前在电视上看过的溜冰。我真想穿那样的短裙。记得裙子的胸前有闪闪发光的装饰。还是说，闪光的是冰的碎片和水沫？我像个溜冰运动员似的滑着。接下来要倒着走，可不知怎么搞的，我摔了个屁股蹲儿。笑声响起。所有的事都是一种练习。我明天再努力。

每天都是灼热的日子，只能在背阴地等待日落。有时候，我半闭着眼，试图想象雪原，然而浮现在眼前的唯有融雪之后的水面。蓝色的水面平平地延伸到地平线，上面一块碎冰都没有。"啊，克努特溺水了。"孩子的声音让我一下子惊醒，慌忙用蛙泳上了岸。对了，我已经很久没梦见外婆了。

迈克尔每天晚上过来玩。"克努特，你一直在取悦观众呢。""因为这样做我自己也开心。""我以前站在舞台上也开心。但一开始是被强迫的。早在念小学之前，我就已经深信，唱歌跳舞要是做得不完美，不给吃晚饭也理所应当。""马蒂亚斯没有强迫过我。""我知道。所以看着你的时候，我切实地感到我们这一代已经成了过去，真高兴。但你还没有完全自由。你还没有人权。所以你可能会因为人们一时的心情而被杀。"

迈克尔告诉我这样一件事。有一位名叫阿尔布雷希特的法学家专门处理关于动物的法律，他起诉了莱比锡动物园的园长琼霍德，因为该动物园对被熊妈妈抛弃的懒熊新生儿实施了安乐死。莱比锡地方检查厅声称："这一安乐死的意义在于提前消除了人类亲手养大的动物的性格障碍。"据此驳回了阿尔布雷希特的起诉。这就算了。如果你以为起诉被驳回的阿尔布雷希特是动物的盟友，那你就错了。有人爱好钓鱼，有人爱好射杀鹿，此人则是把法律当猎物追逐的猎人，接下来，他又起诉了柏林动物园，后者让人类亲手抚养被熊妈妈抛弃的北极熊幼仔。阿尔布雷希特主张，由人类养大的北极熊大多缺乏社会性。这些熊无法和伙伴相处，也没法好好向女性求爱，会引发争斗。为了世界，这样的熊最好别活着，既然莱比锡动物园无罪，那么没有让克努特安乐死的柏林动物园就是有罪的。

听到这些，我不仅一寒，而且脑袋一团乱，就好像平平的头顶发热并嗖嗖地鼓起来。"人类特别讨厌不自然的事。"迈克尔解释给我听，"如果熊不像熊，底层阶级不像底层阶级，人们就会觉得不自然。""那人类为什么要建立动物园？""哦，那大概是因为，人类唯一的自然之处，就是自相矛盾。""真赖皮。""你不用在意什么自不自然，就按照你自己觉得好的方式过吧。"

尽管迈克尔这样讲，但他提及名叫"自然"的东西，让我有了心事，晚上睡不着。如果事情按自然发展，我原本会摸索着握住托斯卡的乳房，不顾一切地咬住，用力吮吸。我的眼睛看不见，耳朵也听不见，无边无际的温暖皮毛将我包裹住，我在唯有雌性气味的洞穴里度过生命最初的几个星期，直到严冬过去。

如果事情按自然发展的话。然而，我从生下来就和自然无缘，喝着马蒂亚斯用奶瓶喂的奶长大。但这难道不是自然的一部分吗？因为名为"人类"的突变怪物下定决心，无论如何都要养大北极熊的幼崽。

本来，洞穴的中央会有妈妈作为中心，然而四四方方的箱子的正中央空无一物。而且有墙，没法往前。撞到墙无法前进的感觉，对墙那头的憧憬，这说明我作为真正的柏林人长大。我出生的时候，距离柏林墙倒下已经过了不少年头，但几乎所有的柏林居民仍然切身地记得墙的存在。

虽然有人因为我没去过北极而看不起我，但马来熊没去过马来西亚，黑熊也没去过佐世保。大家都只知道柏林。这挺正常。我试着问："迈克尔，你呢？你是柏林人吗？"迈克尔仿佛困窘地微笑："我只在音乐会的时候来过柏林。引退之后，我可以自由地去任何一个地方，所以去了很多地方。""你家在哪儿？""你在月亮上漫步过吗？""没有。估计冷飕飕的很舒服。""柏林没有冷气，你热得难受吧。不过没有冷气也挺好。""为什么？""如果家里像冰箱，外面是沙漠，你就会再也不想出门。你喜欢外面吧？""喜欢。外面是最棒的。""你总有一天能重新到外面。像我一样。"

说完,迈克尔含笑走了。他走的时候从不说再见,一下子就不见了。马蒂亚斯也是在某一天没说再见就消失了。妈妈托斯卡也没对我说过再见。

迈克尔告诉我,报上写着,人们在筹划,如果托斯卡和我的见面计划进展顺利,下一次将让我和拉鲁斯见面,然后和年轻母熊相亲。我最近不怎么看报。迈克尔说:"相亲倒是无所谓,但是让你和其他北极熊见面,借此来测试你的社会适应性,好像把你当病人似的。"我叹了口气,迈克尔抚摸着我的肩膀安慰我:"你别放在心上。那些家伙,只要有人和自己的毛色不同,立即就说要测试。不是什么大事。"我在这时第一次注意到迈克尔的脸色苍白。比马蒂亚斯更苍白。"你不会是病了吧?""我没事,只是刚刚想到一些不开心的事,血流不畅。我对女人不感冒,但我无论如何都想要个孩子。大多数人无法理解这一点。所以我遭遇了一些倒霉事。"

真是个炎热的夏天。我以为夏天终于到了顶点,第二天却热得更加炽烈,太阳究竟要怎样才算够?迈克尔每次都在夜晚稍微凉快些之后到来。

迈克尔似乎讨厌汽车。我问他是不是坐公交车来的,又问他是不是骑自行车来的,他都摇头,不肯解释。他不戴手表，裤子后袋看上去也没有装钱包。他像北极熊一样别无长物，真有品位。

天气炎热，但白天的观众数目不仅没有减少，还在不断增加，哪怕是工作日，人们的脸仍然在栅栏外满满地排成两排。底下一排都是孩子，我想更清晰地看到孩子们的脸，于是我渐渐变成远视眼。小孩坐在婴儿车里。有的孩子从婴儿车向前伸出双手，张开嘴巴，发出如同猫发情的声音。站在婴儿车后面的女人们的脸孔有的疲倦又严厉，有的心不在焉，有的显得精力充沛。我心想，母亲也是各种各样的。

有一天，我看见正面排着四辆婴儿车。母亲们个头一致，四个人都表情开朗，可当我定睛细看，虽然有四辆婴儿车，却只有三个婴儿，第四辆车坐了个有着和我相同脸庞的玩偶。我一寒，重新打量那位母亲的脸，她头顶心的头发竖着一撮，衣领凌乱。她一脸幸福地微笑着，她本人大概没注意到车里是个玩偶吧，还是她想通了，觉得玩偶也无所谓呢。

不知怎的，我开始有种感觉，坐在那辆婴儿车里的玩偶是我死去的兄弟。我自己完全没有记忆，但报纸上经常提到，我的双胞胎兄弟在出生后第四天死去。或许死者永远是婴儿，不会长大，不管过几年还是几十年，都被人放在那样的婴儿车里，在园内不断彷徨。

秋天来了，炎热终于消减少许。我不小心打翻了和早餐一起送来的奶，打扫的人放了些旧报纸吸奶，那上面以大尺寸登着迈克尔的照片。自从变成远视眼，我看字不太清楚，如果我没看错的话，报上写着"去世"。日期的字太小，看不清。

那天夜里，迈克尔若无其事地又来了，我想果然是我看错了。最好问问他本人，但我不知怎的开不了口。迈克尔好像没注意到我心神不宁，亲切地问："你已经见过你母亲了吗？""还没有。不过听说快了。""你最好先想好，见到她要问些什么。因为说不定事到临头，你的脑子里一片通红，想不出话。""如果是你，你会问什么？""我啊，我大概想问，如果没有爸爸，妈妈会给我怎样的教育。我原以为我爸是因为穷，想要钱，所以不惜拳打脚踢，把我们兄弟姐妹培养成艺人，但好像不是为了钱。爸爸年轻的时候也曾经登台吹奏乐器，但他中途放弃，成了劳动者。而且他哥哥经常嘲笑他当年登台的事。他是不甘心吧。""你为什么离开舞台?""就算环境改变了,我们也能过下去。我们会改变身体,改变思维。但是,可以称之为环境的东西如果全都没了,就没法再过下去。我的环境彻底没了。"

他说到环境,我有所谓的环境吗?除了迈克尔,没有人来看我。我独自使用这么大一片带水池的露台,但这可以叫作环境吗?每当注视天空,我就想去遥远的地方。天空是那么辽阔,对着它的大地应该和它一样无边无际。每天都变得更凉快一点,那是冬天从远方到来的缘故。如果那地方离柏林很近,肯定会被柏林的炎夏暖化,但既然有极其寒冷的风吹来,说明有那么一个"远方",保持着寒冷,不受城市的炎热影响。我想去远方。

观众们已经穿上外套,围着围脖,戴着毛线帽和手套。人们的鼻子被寒意染得通红,久久地从栅栏那边望着我。

最近有人扔南瓜过来,这事挺愉快。我把南瓜滚进水里,它轻飘飘地浮在水面上。我跳进水里,用鼻子推着它游,这时肚子有点饿了,于是我"咔嚓"咬一口南瓜,味道很不赖。我把缺了口的南瓜当玩具,在水里接着玩。有个孩子的声音问:"克努特在外面游泳也不冷吗?"我还听见大人撒谎的声音:"不冷。克努特的故乡是北极。"报上写了那么多遍,我生在柏林,我的妈妈生在加拿大,在东德长大,可是只因为我的皮毛是白的,就被人当成生在北极。

夜里一下子降温,迈克尔却从来不穿大衣,大概他没有大衣。他总是在缀着蕾丝的女式衬衫上罩件优雅的黑色薄西装,白袜子,黑皮鞋。我说:"你真酷。连头发也很黑。"他笑着回答:"所以我喜欢白色的家伙,来你这里。不过,我来的事要保密。报纸很烦人。""报上谎话太多,我已经不看了。""报纸说了你的坏话呢。""你的事情,报上之前也写了坏话。"我被谈话的势头一带,脱口而出。迈克尔的表情僵住了,说:"报上不会提到我。""写着呢。说你死了。"

南瓜有着黄绿相间的秋天的颜色,我从我的露台抬头望去,看见染成同样色彩的晚秋最后的树叶。迈克尔不再来玩有多久了呢?我已经不知该怎样计算时间。每天都变得更冷一些,我的自信因此和悲伤成反比例增强:我熬过了夏天,没有冷气也健朗地过了下来。但我不知道自己在期待什么。是在期待和父母重逢的日子吗？还是相亲的日子？如果让我说心里话，我想再和莫里斯赴宴。我想出去。才不想相什么亲。

我等待的其实是深入冬天的日子，彻底浸泡在冬天里的日子，能够确信是冬天的日子。冬天是对越过灼热夏天的人的奖赏。那是恍然梦见凉爽的北极的日子，那一天，我将能够面对尚未被散播流言的活字污染的白纸，面对像奶一样甘甜、营养丰富的白色。

那天，空气又湿又重，我的喉咙发痒，仿佛想哭，又仿佛想笑。脊髓又冷又湿又重。想就此倒下。感觉湿漉漉的，却有某种欢喜。到了傍晚，这感觉一下子凝住了。湿润的风舔过我的皮肤，穿过肉，就像要把我的骨头都吃透似的直抵骨髓。灰色天空的对面亮堂堂的，好像开了荧光灯。满天的云让人辨不清晨昏，栏杆和岩石表面没有映出任何色彩。我抬头看天，咦，小小的黑色碎片在空中飘飞。是雪。又一片。雪。然后又一片。雪。飘在这里，飘在那里。雪。一开始看上去黑乎乎的。但那的确是白色的结晶。雪。真不可思议，运动中的白色物体在一瞬间看去像是黑的。雪。

飘飞着落下来。雪。一瓣。雪。又一瓣。雪。不断落下来。我仰面朝天,周围的雪片不断向后飞去,如同被风吹走的树叶。我乘着雪,朝着地球的头顶全速飞去。[1]

---

[1] 本书出版两个月后的2011年3月19日,柏林动物园的明星北极熊克努特(Knut)猝死,年仅四岁。——编注